VICTORY NOVELS

逆襲の自衛隊

❶台湾有事

遙 士伸

電波社

この作品はフィクションであり、登場する国家、団体、人物などは、
現実の国家、団体、人物とは一切関係ありません。

逆襲の自衛隊(1)——もくじ

台湾有事

プロローグ

某日　某所

夜空に垣間見えた淡い光は、消えゆく命が残した最期のともしびか、あるいは強い意志とけっして諦めることのない執念が発した自然のオーラか。岩をも砕く不屈の思い、何度でも這いあがろうとする尽きぬ粘り――そんな二〇世紀の古臭い精神性など、今の現役世代には、世界中どこを見ても、とうの昔に失われたと言われて久しいが、人間誰しも究極的な状況に追い込まれれば、根底にある本能や反射的な感覚が、無意識の行動となって現れるものである。

それは生への執着や愛する者を守ろうとする必死の思い、公共の自由や正義を貫くための自己犠牲の精神……人それぞれ違いはあろうが、ひとつ不変で言えることがある。

純粋無垢なものは例外なく美しいということだ。それは人の心に染みいり、人の魂を揺さぶる力がある。

だから、感動を与え、美しいという印象を残す。だが、戦場で見るそれは、誇らしく喜ばしいものではなく、逆にもの悲しく、涙を誘うものだった。

電子機器やセンサー類の発展、および伝達手段の飛躍的進化から、ＩＳＲ（Ｉｎｔｅｌｌｉｇｅｎｃｅ，Ｓｕｒｖｅｉｌｌａｎｃｅ　ａｎｄ　Ｒｅｃｏｎｎａｉｓｓａｎｃｅ　情報・監視・偵察）

環境は近年劇的に変化した。

　光学的な手段の価値や優先度は失われることはなくとも、相対的にはさらに後退しているのが実状のはずだが、それでも軍事作戦は人目につかない夜間に決行する。その「習わし」に変わりはなかった。

　特異な形状の機体が闇を貫いていた。

　左右の垂直尾翼は逆ハの字に開き、その角度は胴体左右のエアインテークと一致している。主翼と水平尾翼の前縁後退角と後縁前進角も同様であり、これはエッジマネージメントと呼ばれる機体設計手法である。

　エアインテークはＤＳＩ（Ｄｉｖｅｒｔｅｒｌｅｓｓ　Ｓｕｐｅｒｓｏｎｉｃ　Ｉｎｌｅｔ　ダイバータレス超音速インレット）と呼ばれる胴体との境界層分離板を持たない密着した構造となっている。その前縁部が鋭角的に突きだしているのも特徴的である。

　不規則な凹凸はまったくといっていいほどなく、継ぎ目や開口部を塞ぐパネルは鋸《のこぎり》状に処理されて、隙間や突起となるものは完璧なほどまでに排除されている。

　これらはすべてレーダー電波を逸らしたり、反射方向を限定したりするための措置で、ＲＣＳ（Ｒａｄａｒ　Ｃｒｏｓｓ　Ｓｅｃｔｉｏｎ　レーダー反射断面積）を極小化して、敵の探知から逃れることを目的としたものである。

　ひと口にステルスといっても、対レーダー、対赤外線——つまり熱、対光学的手段——目に見えるかどうか、と手段と目的は複数あれど、航空分野でいうステルスの大部分は対レーダー・ステルスを意味すると言って間違いではない。

それを追求した結果、従来機のように胴体と主翼、尾翼、機首、エンジンら、パーツが各々存在感を主張しつつ、その集合体が機体を形成するという印象はなくなった。

扁平状に上下を分割した機首と、Ｃｈｉｎｅと呼ばれる機首から機体側方に連続的で滑らかにつながる構造も電波の反射を小さく抑えることができるものだが、単発の尾部まで機体全体がひとつの金属塊から削りだしたような、一体感のあるものだった。

いわゆるステルス――低視認性機らしいステルス形状。それが、ステルス戦闘機としての代表格であるロッキード・マーチンF－35ライトニングⅡの姿だった。

航空自衛隊所属の一群が、敵性空域深くへ、果敢に飛び込んでいた。


「『こんなことまでやらされたら、たまらん』か」

出撃前に同僚がこぼした言葉に、須永春斗《すながはると》一等空尉は苦笑とも嘆息ともつかない様子で口元を緩めた。

同じ第三〇二飛行隊に所属する沢江羽留飛《さわえはると》一等空尉の言葉だった。

（まあ、F－35の性能からして想定されていた任務だし、先駆者としての誇りもある、か）

須永と沢江は高校卒業後に同期で空自に入って、一〇年あまりになる。航空学生からファイター・パイロットになった、いわゆる叩きあげで家族持ちという共通点もあった。同期の枠を超えた親友と言える仲だが、人は一〇人いれば一〇の意見があると言われるくらいで、考えの違いがあって当然である。

須永は家族思いで責任感が強い。沢江は責任感が希薄というわけではないが、任務に納得性を求める傾向があった。

　今、須永と沢江らは本体から突出して、戦闘空域へ踏み込んでいる。敵の捜索や陸上自衛隊でいう「威力偵察」のような任務を受けてというものだ。

「俺らにＡＷＡＣＳ（Ａｉｒｂｏｒｎｅ　Ｗａｒｎｉｎｇ　ａｎｄ　Ｃｏｎｔｒｏｌ　Ｓｙｓｔｅｍ　早期警戒管制機）の代わりをやれとはな」

　愚痴っぽい沢江の言葉は、完全に的を射てえた。

（さすがにＡＷＡＣＳを落とされたら、司令部も慎重にならざるをえないだろうからな）

　須永らの元々の任務は、当該空域の航空優勢獲得である。

　つまり、敵機を排除して、周辺空域の支配権を確立する。セオリーからすれば、順番はこうだ。

　ＡＷＡＣＳが長大な捜索機能を生かして、敵をあぶりだす。あぶりだされた敵に向かって、須永らが突進する。ステルス機の特性を生かして、敵に発見されずして一方的に攻撃する。

　いわば、ステルス機の鉄則であるファースト・ルック、ファースト・シュート、ファースト・キル――先制発見、先制攻撃、先制撃破である。

　しかしながら、想定どおりにいかないのが、戦場の常というものだ。

　その先導役であるＡＷＡＣＳが、敵の奇襲に遭って撃墜された。

　須永らは、いきなり出鼻を挫《くじ》かれたのだ。

　敵のステルス機による仕業か、あるいはステルスＵＡＶ（Ｕｎｍａｎｎｅｄ　Ａｅｒｉａｌ　Ｖｅｈｉｃｌｅ　無人航空機）の体当たり攻撃にでも遭って墜落したのか。

　いずれにしても、まともな方法でＡＷＡＣＳが撃墜されることはない。

司令部が動揺するのも無理はなかった。

だが、それですごすごと退散するわけにはいかない。結論からいって、AWACSは敵に発見されて撃墜された。

それは厳然と目の前に突きつけられた否定しようのない事実である。

敵のステルス機は自分たちのステルス機に比べて、肝心のステルス性が数段劣る。下手をすれば、ステルスという謳い文句そのものが誇張にすぎない可能性すらある。

その分野における敵の技術は、まだ一〇年は遅れていると思われていた。

認めたくはない。認めたくはないが、その見立ては間違っていたというのか。

自分たちは不利な状況から目を背けたいがあまりに、敵を侮った。

そんな心理も働いたというのか。

その追求と分析は後だ。

AWACSは敵に探知されて、攻撃に遭った。ならば、敵に発見されさえしなければいいということになる。

そこで、須永らに白羽の矢が立った。

F－35はステルス性に優れた第五世代戦闘機であって、小型で目立たない。

しかも、敵を捜索するセンサーや機器類も一流、僚機と情報を共有するMADL（Multifunction Advanced Data Link 発展型多機能データリンク）も備わっている。

うってつけだった。

空自ではF－35の導入当初から、このような任務を想定していたと聞かされていた。

しかし、ファイター・パイロットである自分が、戦場の真っただ中でそれをやれと言われるとは、須永にとっても想定外に継ぐ想定外のことだった。

「前方に突出して敵を捜索、その情報を後方の味方に知らしめよ」

そうしたAWACSの代理機としての任務を、須永らは命じられたのだった。

しかし、だからといって、おもむろにレーダーを使うのは愚策である。レーダー波を発せば、それを辿られて自分の存在を暴露してしまう。

ステルス機だからこそのジレンマがあるのは問題だった。

だから、捜索手段はアクティブな手段を避け、敵の痕跡を辿るパッシブな手段を選択する。具体的にはIRST（Infra‐Red Search and Track system 赤外線探知追尾装置）が主軸となる。

敵機が放射する熱——赤外線を探知源とするわけだ。空の暗視スコープと言いかえることもできるだろう。

原理的に天候や背景の影響を受けることは否定できないが、これも改良を重ねて、探知距離はレーダーに優るとも劣らないレベルまで進化してきている。

辺りは一面暗夜である。正面の液晶画面がなければ、墨一色のなかに溶け込んでしまうかのような錯覚すら感じられる。

だが、確実に敵はいる。現にAWACSは落とされた。

どういう脅威かはわからないが、敵は今ごろ手ぐすね引いて、自分たちが飛び込んでくるのを待ちかまえているのかもしれない。

警戒に継ぐ警戒が必要だ。

十中八九、先手はとれるというのが事前のブリーフィングであったが、その前提は脆《もろ》くも崩れた。敵機を発見する前に、ミサイル接近のアラートが鳴っても不思議ではない。

須永は右に視線を流した。

一枚の写真がある。愛する家族が写っている。妻と幼い娘。

須永にとって国防に就くということは、愛する家族を守ることにも行きつくと、それが須永の責任感の源泉でもあった。

そうこうしているうちに、ＩＲＳＴが敵を捉えた。アナログ計器のない完全グラスコクピットの幅二〇インチ、高さ九インチのディスプレイに、敵機を示す表示が現れる。


二機、いや三機いるようだ。

（Ｊ－11？）

赤外線放射のパターンから、識別装置は発見した敵機をＪ－11と割りだした。ロシアのスホーイＳｕ－27をコピーして造った大型戦闘機である。

空対空、空対艦、空対地の多様な任務をこなす第四世代機であって、中国空軍の近代化に大きな役割を果たした機である。

原型機の初飛行から半世紀が経つ今でも、加速力と運動性能は素晴らしいが、今相手をすべき敵ではない。

これは後続の僚機に任せて、より脅威度の高い目標捜索を続けるのだ。

空自の戦闘機隊は高度なネットワーク化とセンサー融合が進められ、全機クラウド・シューティングに対応できる。

すなわち、単に情報を共有するばかりでなく、それをコンピュータが処理して、味方機と敵機の位置、針路、速力、脅威度判定まで共有し、同士討ちを避けることができる。ステルス機が捜索を担当しつつ、目標を割りあてられた非ステルス機が攻撃を遂行するという役割分担も可能だ。

もちろん、海上のイージス艦や地上の警戒管制レーダーなどとも戦術データリンクは構築されている。

自機が発見できていなかった敵機を攻撃可能にするだけではなく、攻撃目標を重複させずに済むというメリットもある。

日米の航空隊は、この点で中国空軍をリードしており、局地的な機数の劣勢を跳ねかえせるだろうと期待されていた。

空白でいえば、ステルス機F－35が前方で敵に探知されることなしに敵を警戒、監視し、発見した敵機は後ろに控えた重装備の近代化改装されたF－15JSI（Japan Super Interceptor）が攻撃して空戦を有利に進めるという案が考えられてきたのだった。

当然、そのシミュレーションや実技演習も繰りかえし行《おこな》ってきた。

それを実践するまでだ。

J－11と鉢合わせしないように、針路を変える。しばらくして閃光が闇を切りさき、夜空が赤く染まった。

どうやら、発見したJ－11を僚機が仕留めたようだ。

ただ、「本命」は別にある。

J－11がAWACSを撃墜することはできない。AWACSからみれば、はるか先でそれを捉え、自分が標的となる前に離脱できるからである。

では、ＡＷＡＣＳを撃墜した敵とはなにか？

自分たちにとって、より脅威度の高い敵はいるのか？

画面がやや荒れてきた。空戦が始まって、ＩＲＳＴが拾う熱源も増えてきたためだろう。

「ん？」

「Ｕｎｋｎｏｗｎ」

一瞬、その表示が出たような気がした。だが、それだけだ。あらためてディスプレイを凝視しても、なにもない。

ヘルメットを装着していなければ、目をこすって見返すところだが、たしかに不審な表示はない。

敵のレーダー波の兆候もない。ＡＡＭが追ってきているとのアラートもない。

（錯覚か）

だが、そうではなかった。

再びディスプレイが明滅した。

電波状況が悪かったり、電圧が微妙に上下したりすれば、こうした現象もありうるが、昔の戦闘機ならばともかく、Ｆ－35はこうした点の安定にも定評があった。

ほどなくして、今度ははっきりと「Ｕｎｋｎｏｗｎ」の文字が出て、ＩＲＳＴが捉えた熱源が表示された。

前方に味方機は存在しない。

つまり、敵機が高速で近づいてきていることを示す警告だった。

Ｆ－35が装備するＡＮ／ＡＡＱ－40ＥＯＴＳは赤外線センサーとレーザー・センサーを統合した目標指示装置だが、探知、識別、分解能の精度は高い。

赤外線輻射から形状も表現でき、非ステルス機であれば機影そのものを再現できるほどの性能がある。

拡大して見る限り、J－11とは明らかに違う。

平たく幅の狭い形状のようだ。

それがすぐに二機、そして四機と数を増す。

「ゲイト1よりゲイト2。見えているな？ 邀撃《ようげき》する」

「ゲイト2、ラジャー」

ウィングマンを務める山岡《やまおか》利《り》喜《き》弥《や》二等空尉が、即座に応答する。

山岡も航空学生あがりで須永から見て三歳下だ。

こちらは独身で元ボクサー。体脂肪率一〇パーセントの引きしまった体と割れた腹筋が自慢の男である。

F－35はステルス機という特性から、兵装にも制限が生ずる。

基本的には機外へは携行せずに、胴体下部のウェポンベイに収納して、RCSの悪化を防ぐのである。

空自は長年、機体そのものはアメリカ製のものを導入しつつも、AAM（Air to Air Missile 空対空ミサイル）やASM（Air to Surface Missile 空対地ミサイル）は国産のもので独自性を確保してきたが、F－35については消極的支持ではあるが、調達の利便性とアメリカ軍との共通、共有化といった意味を含めて、西側の共通装備を採用している。

BVR（Beyond Visual Range 視程外）戦で用いるAAMはAIM－120 AMRAAM（Advanced Medi um Range Air to Air Missile）である。シーカーはARH（Active Radar Homing）で自律誘導型の、いわゆる撃ちっぱなし可能なAAMである。

「ローンチドゥ・ミィサァル（ミサイル発射）」

「ファイアドゥ・ミィサァル（ミサイル発射）」

ウェポンベイの扉が開き、圧縮空気で押しだされたAIM−120　AMRAAMが点火する。

あとはマッハ四の速度まで加速して、目標へ向かって突進していくことになる。

ここで反転してもよかったが、撃ちもらした場合のことを考えて、須永は追撃を狙って機位を保った。

どうせならば、脅威はここで取りはらっておきたかった。

もしも仕留めそこなったら、二撃、三撃を送り込むつもりだった。

が、結果的にはこの判断が凶と出た。

前方で二つ、三つと火球が現れては消えた。

「やったか」と思うのも束の間、敵機の反応は消えていない。

どうやら、放ったAAMはチャフ——アルミ蒸着ガラス繊維かなにかに幻惑されて誤爆したらしい。

（速い！）

そんなことを考えているうちに、敵機は猛然と距離を詰めてきた。

IRSTの示す画像がより大きく、より鮮明になってくる。

「ブレイク！」

須永は咄嗟に散開をかけた。

F−35二機を左右に蹴散らすようにして、敵機が飛び込んでくる。

届くはずの距離ではないが、風防をとおして威圧的な風圧が感じられたような気がした。

（やはりJ－20）

一瞬のことだったが、須永は月明りに垣間見えた敵機の特徴を見逃さなかった。

単発のF－35と比べれば、かなり大型の機体であるとともに、主翼は水平尾翼なしのデルタ翼である。

そして、その前に突起物があるように見えた。おそらくカナード翼だ。

探知しづらいステルス形状、大型機、カナード翼とくれば、該当するのは中国空軍のステルス戦闘機J－20ということになる。

（やはり侮れず、か）

須永は舌打ちした。

日米の軍関係者の間では、J－20のステルス性について疑問を投げかける声が少なくなかった。

ステルス戦闘機の先駆的存在のF－22やF－35を真似たにしても、ステルス性発揮はそう簡単なものではない。

J－20は機首左右にカナード翼を付けているが、これはレーダー波反射源となるのは明白であるし、垂直尾翼下部のベントラル・フィンも同様であって、そもそもステルス機を設計する基本構想すらなっていない。

中国空軍はJ－20をF－22に比肩する優秀なステルス戦闘機だと豪語しているが、そうしたチープなプロパガンダを鵜呑みにしてはいけない。

そういった批判が多かった。

しかし、現にJ－20はステルス性を発揮して、自分たちの前に立ちはだかった。

たしかに、対レーダー・ステルスという意味では多少難があるのかもしれないが、赤外線輻射の点ではJ－20はよく造りこまれている。

吸気口からダクトを曲げて、エンジンそのものが晒されないようにするとともに、エンジンの熱が機体に伝わりにくい構造にしているものと思われる。

高温の噴射排気――プルームも安易に排出せずに、あらかじめ取り込んだ大気と混ぜて温度を下げるなどの措置が講じられているのかもしれない。

低放射塗装の可能性も言うに及ばずだ。

唐突に世に出てきたJ－20は、その独自の姿でコピー大国と言われていた中国の汚名を払拭して西側各国を驚かせたが、こうして性能面でも、なにかと見下そうとする西側技術者や軍関係者の声を一掃してみせたのだ。

自分たちにとっては、明確な脅威である。


これならばレーダーで追っていたほうがよかったかもしれないと思ったが、後の祭りだった。

F－35が装備するAN／APG－81レーダーは多モードアクティブ電子走査アレイ（AESA：Active Electronic Scanned Array）レーダーである。

AESAレーダーはアンテナ面を目標に正対させる必要がないため、正面のRCSを抑制できる。

また、出力の弱い電子ビームを様々な周波数帯で高速で発射するというスペクトラム拡散の機能を持ち、目標に反射して戻ってきた各周波数帯の電波は、コンピュータ処理して情報とする特徴を持つ。

つまり、敵のRWR（Radar Warning Receiver レーダー警戒装置）には探知されにくい。

それを、電波を発することには違いがないと、レーダー未使用に須永はこだわったのだ。

とはいえ、それで敵を探知できたかどうか、探知されたかどうかもわからない。そもそもやり直しがきくわけでもない。

(反省と分析は後だ！)

「ソニック1より各機。敵は四機。折りかえしてくる」

コール・サイン「ソニック1」こと沢江からの情報だ。J－20は素早く反転して向かってくるようだ。機数は四対四と同等、最大速力は恐らく向こうが上だ。

「ステルス機で格闘戦をする羽目になるとはな」

須永は再び舌打ちした。

ステルス機の最大の利点が敵に発見されにくいことなど、今さら言うまでもない。

だから、ステルス機の基本戦術はファースト・ルック、ファースト・シュート、ファースト・キル――先制発見、先制攻撃、先制撃破となる。

つまり、敵が自分の存在を知る前に、一方的に撃墜する。

それがステルス機の圧倒的な強み……のはずだった。

それが、有視界の格闘戦となっては、最大の利点を封じられて戦うということになる。

(敵の土俵で戦えと。そう楽には勝たせてくれないものだな)

ステルス戦闘機の戦い方としては最悪に近い。一度離脱して、後続の僚機に任せたいところだが、その時間はない。

すでに自分たちは敵に捕捉されて、狙われている状態にある。

僚機の攻撃を待っている余裕はない。もたもたしているうちに、夜空に星屑となって散らばるのがおちだ。

　ここは、立ちむかうしかない。攻撃は最大の防御だ。

（やるしかない！）

　F−35はCTOL（Conventional Take-Off and Landing 通常離着陸）、STOVL（Short Take-Off／Vertical Landing 短距離離陸・垂直着陸）、CATOBAL（Catapult Assisted Take-Off But Arrested Recovery）の三つの派生型をほぼ同一の機体構造で実現しようという統合打撃戦闘機計画（Joint Strike Fighter Program）で開発された機であるが、そのために中途半端で出来損ないの機であるという悪評もあった。

　ステルス性や最高速度ではF−22に劣り、機動性も特筆するに値《あたい》しない。

　戦闘爆撃機としての携行重量も、それ専門の機と比べて大きく劣る。

　機体の大きさや重量と、エンジン推力のバランスが悪く、「曲がれない、上がれない、動けない」駄作機であるという低評価もあった。

だが、須永は必要以上に悲観視してはいなかった。

たしかに、空対空戦闘や爆撃に特化した機から見れば、F−35はそれらに劣るだろう。

だが、F−35もステルス性に特化して造られた戦闘機ではない。

　ステルス性を追求しようと思えば、実はさらに高められたということも聞いている。

　実際に開発をめぐってF−35と競ったボーイン

グＸ－32は、ステルス性という点ではＦ－35を凌ぎ、より未来的で奇抜な姿だったことも知られている。

だが、そこで選ばれたのはＸ－32ではなくＦ－35だった。その理由は、実戦を見越して、戦闘機の戦闘機たる要素は外せない前提条件だったから、なのである。

だから、Ｆ－35は鋭角的で一体感のあるステルス機らしい構造でありながらも、一見して戦闘機とわかる姿を維持しているのである。

小回りが利くかどうか――運動性能の基本指標となる翼面荷重も小さく、Ｆ－35はけっして隠れながら飛ぶだけの戦闘機ではない。

須永はさらに重要な点に気づいていた。

（ステルス機は単にレーダーで探知、捕捉されにくい機というだけではない。敵が発見しても狙いにくい機でもあるのさ）

そう、敵がいつ須永らを発見できたかはともかくとして、須永らも敵ＡＡＭの一撃を浴びたわけではない。

つまり、敵は須永らの機をロック・オンして、ＡＡＭを発射するまでには至らなかった。

Ｆ－35のステルス性が、そこで効いていたであろうことを、須永は確信していたのである。

すでに須永らと敵とは、互いの背後をとるべく、ドッグ・ファイトに入っている。

もっとも安全かつ攻撃に最適な相対位置をとろうとする動き――それが二匹の犬が互いの尻を追いまわす動きに例えられて、「ドッグ・ファイト」と呼ばれているのである。

ＷＶＲ（Ｗｉｔｈｉｎ　Ｖｉｓｕａｌ　Ｒａｎｇｅ　視程内）戦に移行したので、用いるＡＡＭ

も異なる。SRM（Short Range Missile 短距離空対空ミサイル）はAIM－9Xサイドワインダーである。運動性能に優れたAAMであって、オフボアサイト（Off Boresight 非砲口照準）――正面から大きく逸れた目標への攻撃に適している。

初期のAAMは正面方向にしか撃つことができなかったが、AIM－9Xは理論的には九〇度までがカバーリングできるとされている。

つまり、真横の敵に向かって撃てるということである。

そして、もう一点重要なことがあった。

（やはり、SRMがなかったら、まずかった）

F－35は統合打撃戦闘機計画・JSFとして開発された機であり、対地攻撃や対艦攻撃にも使える機としての能力が与えられている。

しかしながら、それら多用途戦闘機とするには、なにかを犠牲にしなければいけないのが現実だし、戦術思想や運用に制限が出るのもたしかだ。

だから、F－35には超音速巡航性能の付与は見送られたし、F－22の持つ超機動という卓越した運動性能を発揮する二次元排気ノズルも与えられていない。

それはF－35が優れたステルス機であるがゆえに、敵陣深くへの強行進出や有視界での格闘戦は想定外とわりきったためのことである。

だから、F－35は実戦配備されても、しばらくはステルス・モード、つまり胴体内のウェポンベイへのAIM－9XらSRMの搭載は適応できていなかった。

ただし、F－22という超絶的な制空戦闘機を持つアメリカ軍はそれでよかったかもしれないが、それがない日本の航空自衛隊や欧州各国の空軍では、Ｆ－35によるＷＶＲ戦は想定から切りはなせない課題だった。

だから、ＡＩＭ－９Ｘはブロック５というアップ・デート型となって、ようやくＦ－35のウェポンベイへの搭載が実現した。

最近のことだ。

それが必要不可欠であったことを、須永は戦場で身をもって知ったのだった。

なお、Ｆ－35には戦闘機に定番のＨＵＤ（Ｈｅａｄ Ｕｐ Ｄｉｓｐｌａｙ）はない。Ｆ－35のパイロットは専用のヘルメットを着用し、ＨＭＤ（Ｈｅｌｍｅｔ Ｍｏｕｎｔｅｄ Ｄｉｓｐｌａｙ）を使って、空戦をこなすのである。

必要な情報はすべてヘルメットのバイザーに投影されるし、火器管制もそのまま実行できる。


機外にＡＡＭを携行していた第四世代機までは、高速飛行による大気との摩擦熱でミサイル・シーカーが高温を帯びているため、冷却してから発射する必要があったが、ウェポンベイに収納しているＦ－35ではその必要性はない。

「ローンチドゥ・ミィサァル（ミサイル発射）」

今度は迷わず、須永はＡＡＭを放った。

ＨＭＤを駆使して、ＬＯＡＬ（Ｌｏｃｋ－Ｏｎ Ａｆｔｅｒ Ｌａｕｎｃｈ 発射後ロック・オン）を実行する。

ヘルメットのバイザー上で、目標を示すターゲット・ボックスに、ミサイル・シーカーのボックスを合わせる。

「ロック・オン！」

マッハ二・五の速度で、うねるような軌跡を描いたＡＩＭ－９Ｘが、吸い込まれるようにしてターゲットに迫る。

「スプラッシュ・ワン（敵機撃墜）！」といきたいところだが、直撃ではない。

近接信管が作動してＡＩＭ－９Ｘは炸裂したようだが、ターゲットはそのままだ。

どうやら、炸裂した位置が遠かったようだ。

単なるフレア、すなわちマグネシウムなどでつくった囮の熱源ではない。爆発性のあるダミーかなにかに妨げられたのかもしれない。

僚機もいっしょだ。

戦術画面にある敵機の表示は四つすべてが残っている。

（随分研究されているようだな）

さきほどのＡＩＭ－１２０　ＡＭＲＡＡＭといい、今のＡＩＭ－９Ｘといい、敵はアメリカ製ミサイルの誘導性能や炸裂機構を徹底的に分析、究明して、その対抗手段を準備していたのかもしれない。

代わって、今度は須永らが狙われる番である。

ミサイル接近のアラートが両耳をつつく。

ここで焦ったら、敵の思うつぼだ。

ミスしたほうが負ける。

ミサイル回避のために、できることは決まっている。

急旋回や急上昇で逃れる。高度をとって、敵ミサイルに負荷を強いて、燃料切れを誘う。チャフやフレアをまき散らして誤認させる。

それらを着実に実行する以外にない。

機体を左右に振り、空中にフレアをばらまく。

アラートが消え、爆風が機体を煽る。

回避成功に喜ぶよりも先に、須永は切りかえして攻守を逆転させた。

二発めのＡＩＭ－９Ｘを放つ。

だが、須永に限らず、山岡や沢江の攻撃も命中に至らない。

無情にもバイザーにはＡＩＭ－９Ｘ「０」と残弾なしの表示が点灯している。

Ｆ－35は主翼下など機外にも各種兵装を携行可能であるが、ステルス性を維持するために機内携行にこだわれば、携行できる数は極端に限られる。

そこが、ステルス機にとっての泣き所である。

「ソニック1より各機。離脱しよう」

「ラジャー」

沢江に答えたものの、言うほど簡単なことではない。

水平飛行では恐らく負ける。Ｆ－35は最高速度マッハ一・六と絶対的な高速力を追求した機ではないし、敵は双発の邀撃機である。マッハ二程度の速力はあるだろう。

単純な速度競争では逃げきれない。

水平飛行は不利だと、旋回を繰りかえした不規則軌道に入るも、Ｊ－20はよく付いてくる。

軽やかとは言えないが、大柄な機体を強引にひねってくる印象だ。

須永らに詳しいことはわからなかったが、そこにＪ－20の設計上の利点が表れていた。

Ｊ－20はエア・イントレッド開口部直後にあるカナード翼や、全遊動式の双垂直尾翼とその下部のベントラル・フィンなど、ステルス性の追求には不徹底の箇所が散見され、西側の設計者からは疑問を呈されていた。

しかし、それはステルス性の低下を忍んでまで運動性能を重視したとすれば、つじつまは合う。

そして、敵の思惑どおりの展開に、自分たちははまってしまっていたのである。

敵は大型機ゆえに、まだＡＡＭは尽きていないかもしれない。

絶対的に不利な状況である。

あとできることとなると、編隊としての相互支援くらいだが……。

「ゲイト１よりゲイト２へ。水平旋回で敵を引きつける。フォロー頼む。狙うふりだけでも構わん」

「ゲイト２。ラジャー」

須永は水平の円上に敵を誘い込んだ。

須永に食いついた敵を、死角から山岡が狙う。

ラフベリー・サークルと呼ばれる戦法である。

「いくぞ！」

須永は急減速をかけて、機体を倒した。失速寸前まで速度を落とした須永機に追随しきれず、敵機はたまらずオーバー・シュートしていく。


急上昇して逃れるそれは追わない。須永の狙いは別にあった。

須永はそのまま機体を裏返しにして降下し、今度はサイド・スティック式の操縦桿を引いて、機位を立てなおした。

昔のレシプロ機ならば、まともにＧがかかって、操縦桿が鉛のように重たかっただろうが、フライ・バイ・ワイヤ式の現代機では、力任せに動かす操縦桿は必要ない。

須永らの操作は電気信号に変換して伝わり、機体は適切に反応してくれる。

「そこだ！」

思いえがいていたとおりの光景が、そこにあった。

敵二番機が山岡を付け狙っていた。その後ろ上方という絶好の位置に、須永は躍りでたのである。

ヘルメットのバイザーに投影された戦術表示は

簡潔だった。

通常ならば目標を示すターゲット・ボックスに、ミサイル・シーカーのボックスを合わせてロック・オン、AAM発射の手順となる。

ところが、ここでは異なる。

「A型を舐めるなよ！」

AAMの残弾はなかった。だが、3タイプあるF－35のうちF－35Aだけが固定武装を持っていた。ターゲット・ボックスに重ねたのは機関砲ピパーだ。

須永はそれを最後の手段として、J－20に叩きつけたのだった。

左翼前方の扉が開き、内蔵されたGAU－22A二五ミリ四連装ガトリング砲が火を噴く。

夜空に無数の火の玉が連なり、そこに潜んでいたJ－20に殺到する。

闇のなかに火花が散り、一枚の大きな破片が吹きとんでいくのがわかった。

須永の銃撃が、J－20の左垂直尾翼をもぎとったのである。黒煙も噴きだしたような気もしたが、夜空でははっきりとはわからない。

ただ、須永の銃撃を食らったJ－20は、バランスを失って墜落していく。

須永は土壇場でスコア1の戦果をもぎとったのである。

「お見事」

沢江の声だった。

敵が引きあげていく。ひとまず窮地は脱した。

ただ、これは最前線のほんのひとこまにすぎない。

敵の本隊とぶつかった際には、さらに空戦は熾烈なものになると考えるべきだ。

また、自分たちには制空戦闘以外に、対地、対艦戦闘も望まれている。

それはそれで、牙を剝いたSAM（Surface to Air Missile　地対空ミサイル）が襲ってくるのは必至だ。

修羅場はまだまだこれからだと、安堵する間もなく、須永は前を向いた。

平穏は破られた。

東アジアは硝煙まみれる戦場と化したのだ。

某日某所

潜水艦は基本的に孤独である。その艦種の性格や任務の特殊性からして、存在そのものを否定して気配を消すことが求められるし、行動は絶対的に秘匿される。

第二次世界大戦ではドイツ海軍の潜水艦がウルフパックと呼ばれる集団戦術をとって、敵輸送船団を入れ代わり立ち代わり襲うというケースもあったが、それは例外である。

潜航時間や水中速力といった性能面で格段に進化した現代の潜水艦は、運用の柔軟性や可能な任務の範囲も広がっていることによって、単独での行動をさらに求められるようになっているのかもしれない。

そして、その閉鎖された環境で、乗員の命を預かりつつ、重大な決断を求められる潜水艦の艦長は、さらに孤独と言っていい。

潜水艦勤務というのは、狭く閉じられた艦内で、決まった相手としか顔を合わせず、太陽の光も風も浴びずに長期間過ごさねばならないため、強い精神力や忍耐力を要求される。

さらに責任重大な艦長となれば、並大抵の者では務まらないのが実態である。

そこで選ばれ、適切に任務をこなす強靭な精神力の持ち主である一人――海上自衛隊の潜水艦『たいげい』艦長向ヶ丘《むこうがおか》克美《かつみ》二等海佐は、静かに「とき」を待っていた。

あくまで悪しきイメージではあるが、潜水艦乗りには似つかわしくない鼻筋がとおった美男子である。目尻が細く、とがった切れ長のシャープな目は見る者に忘れられない印象すら与えるものだ。

隻眼ではないが、鼻から左の頬にかけて古傷の痕がくっきりと残っており、某アニメにちなんで自衛隊のハーロックという異名をとっている。

その異名を本人は気にするそぶりを見せないが、部下たちからすれば敬意と羨望、たしかな信頼を示す証でもあった。

ちなみに克美という名は、克は勝と男を意味し、美はスマートさを求めた親の思いがこめられているらしい。

それを知る部下は少ないが、知ればそのとおりだと全員がうなずくこと間違いなしだ。

『たいげい』も例に漏れずに単艦で作戦行動中だった。

『たいげい』は大容量のリチウム・イオン・バッテリーを搭載した、たいげい型潜水艦の一番艦である。

原子力機関を搭載した潜水艦は別として、通常動力型潜水艦は水上でディーゼル機関を回してバッテリーに充電し、潜航時はそのバッテリーを使ってモーターを回して航行するというのが基本となる。

水中では酸素の供給ができないために、内燃機関をまわせないからである。

バッテリーの容量というのは限られたもので、水中で高速航行をすれば、すぐに充電が切れてしまうし、長期間の隠密作戦行動は難しいというのが実態だった。

その欠点を克服すべく採用されたのが、リチウム・イオン・バッテリーであって、リチウム・イオン・バッテリーは従来の鉛蓄電池に比べて、容量、寿命、出力を変化させての行動の自由という点で長けている。

よって、『たいげい』は従来艦に比べて、水中での作戦行動が長期に渡って可能になった。ソナーや兵装もアップ・グレードされており、攻防性能に優れている。

『たいげい』の完成時には、最強最優秀艦が誕生したなどと、鳴り物入りで騒がれたものだ。

しかし、それは「通常動力型潜水艦としては」との但し書きが付くことを向ヶ丘は理解していた。

やはり、兵器として見た場合、原子力機関というのは絶対的な優位性がある。

たしかに、安全性や廃棄処理の問題を払拭できているとは言いがたく、核アレルギーの強い日本では採用するには世論の合意形成にまだまだ高いハードルがあるだろう。

だが、乗組員の健康面や精神面を棚上げして、純粋に兵器として見た場合、水中高速力や無限と言っていい水中航続力を持つ原子力潜水艦は、通常動力型潜水艦を大きく凌ぐ。

その点では、『たいげい』がいかに奮闘しようとも、米中ロの原潜には絶対に敵わない。それをふまえた上で、最大限の仕事をやってのける。

それが、向ヶ丘に課せられた使命である。

己を知らねば、なにができるかもわからない。

そのうえで敵の強みと弱みを知り、強みを避けて弱みを衝く。

　向ヶ丘は軽挙妄動を慎みつつ、勝負所を探っていた。

　海峡出口での待ち伏せ攻撃というのは、潜水艦にとっては王道の戦術と言っていい。

　敵の針路は一定に制約されるし、分散してリスク回避することもできない。

　戦史からしても、どれだけの水上艦艇が海峡出口で潜水艦に沈められてきたことか。

　ソナーやレーダーなどの各種電子機器、対潜兵装が発達した今となっても、その環境的リスクは変わらない。

　潜水艦から見れば、変わらず好適な襲撃ポイントである。

　事実、『たいげい』は駆逐艦らしき敵には二度ほど出くわしている。

　雷撃をかければ一隻撃沈くらいの戦果は、すでに得られていたかもしれない。

　だが、向ヶ丘の狙いは別にあった。

「小物を狙ってもつまらん。どうせなら、大物を狙ってやろうじゃないか。戦局を動かすくらいの衝撃を与えねば、敵の考えも変わらんだろうよ。それにだ」

　向ヶ丘は不敵に瞳を閃かせた。

　実は『たいげい』ら通常動力型潜水艦が、原潜に優る点もひとつあった。

　静粛性である。

　原潜は原子力機関が発熱するため、冷却水循環ポンプを常時稼働させつづけねばならず、その振動音がデメリットとして存在する。

　それが通常動力型潜水艦にはなく、さらに『たいげい』は各種機器を耐圧殻に直接接することなく、防振マウントを介した浮き架台に装備することで、雑音の漏れを防止している。吸音タイルの装着なども一段とグレードアップさせて、被探知性の低下に努めている。

だから、敵も海峡出口には注意を払っているはずだが、ここまで発見されずに作戦行動を続けられてきている。

海中でのステルス性という意味で、『たいげい』は極めて優秀である。

だから、ソナーもパッシブ、すなわち敵の出す音を拾うことに徹している。

自分から探針波を放って、敵からの跳ねかえりを拾うアクティブ・ソナーは、ここでは封じておく。積極的な手段ではあるものの、自分の存在を自ら暴露することにもなるからだ。

全長八四メートル、全幅九・一メートル、水中排水量四三〇〇トン、葉巻型をした艦体が海中に身を潜める。

潜水艦はその発展によって、姿も変えてきた。

第二次大戦当時の潜水艦は、長時間潜航ができずに水上航行が主体だったため、水上艦に近い姿をしており、艦首も波切りに適した直線状のクリッパー形をしたものだった。

それが、潜航時間が長くなって水中航行が主体となってくると、水中抵抗の極小化を追求した涙滴型艦体が登場した。

そして、搭載装備の多様化と増大、任務の多様化と拡大から、艦体の大型化が必要不可欠となり、同時に効率的なスペース確保の点から、涙滴型はそれを前後に延ばしたような葉巻型にとって代わられていったのである。

『たいげい』もその現在主流の艦体形状をした一隻と言える。

昼も夜も何事もなく過ぎる。

はやる気持ちを抑えつつ、耐えしのぶ。

チャンスは翌日の夕刻にやってきた。

「複数のスクリュー音探知。水上艦らしい」

艦内の空気が一瞬にして変わった。

緊張感が高まり、乗組員の表情が引きしまる。

「待ったかいがありましたな」

先任伍長会田《あいだ》順二《じゅんじ》海曹長が、してやったりという笑みを見せた。

先任伍長というのは、その艦で最古参の下士官であって、下士官と兵のまとめ役を指す。およそ艦の主であって、艦長以上に艦を熟知していると言っていい。

海自では先任伍長のステータスは高く、大部屋が当たり前の下士官ではあるが艦内で個室を与えられ、上官の命令を拒絶する権限まで持っているほどなのである。

『たいげい』は南沙諸島の人工島を出港した敵の空母打撃群を追っていた。

途中、予想針路と違うコースに向かったのではないかとの不確定情報もあったが、会田はここにくると確信して向ヶ丘に進言し、『たいげい』は粘りづよくその出現を待った。

それが、ついに報われたのだ。

「面舵三〇。微速前進」

小躍りして近づきたいところだが、不用意な接敵は厳禁である。慌てて近づいて敵に見つかっては、これまでの努力がすべて水泡に帰してしまう。

慎重には慎重を期して、事にあたらねばならない。

『たいげい』は艦尾のX舵を動かして、静かに艦首を右に向けた。

潜水艦の舵は十字が主流だったが、それを四五度傾けたものがX舵である。単純なようだが、効果は大きい。

海中という三次元空間での行動だから、四枚舵すべてが上下左右の動きに作用し、破損時の影響を低減できる。これが十字舵だと一枚の破損で舵の可動は半減となる。

海底に着底したときに、舵を破損させる危険性も少ない。

破損防止の観点から、艦体からはみ出させることはできないものの、十字と比べて舵一枚あたりの面積をルート二の大きさまで拡大でき、旋回性能が向上する。

これらがX舵の効能といえ、海自ではたいげい型の前級そうりゅう型潜水艦から装備しているのである。

「大型艦らしきスクリュー音、近づきます」

「潜望鏡深度に浮上。停止して目標を確認する」

向ヶ丘は命じた。

緊張がさらに高まる。

すぐに攻撃したいのはやまやまだが、それを成功させるためには、わずかでもいいから目標を視認しておきたい。

だが、それは同時に自らの存在を敵に晒す危険な瞬間でもある。

「目的深度に到達」

たしかな浮遊感の後に、艦が姿勢を正す。

『たいげい』は、さらに危険な領域に入った。物音ひとつ立てないように、全員が注意に注意を重ねる。

「潜望鏡上げ」

昔ならば、ここで向ヶ丘がグリップにかじりつき、接眼レンズに目を押しつけながら、血眼になって目標を探すところだが、非貫通式の潜望鏡が導入された今となっては、そうした光景は過去のものとなっている。

非貫通式の潜望鏡は、先端にデジタルカメラを取りつけたようなものである。得られた映像はデジタル・データとなって内部の大型ディスプレイに電送され、向ヶ丘以外にも共有されることになる。

潜望鏡は司令塔まで貫通させる必要がない。だから、非貫通式と呼ぶのだ。さらに、利点はそれだけではない。

「潜望鏡下げ。潜航する」

向ヶ丘はすぐさま命じた。

アナログ観察であれば、欲しい情報は艦長の記憶にしか残らないが、デジタル・データであればライブ視聴にこだわらずに、いつでも再生可能である。

つまり、安全を確保したうえで、じっくりと解析できる。

「ふっ」

向ヶ丘は微笑した。頬の傷跡がぴくりと揺れる。

間違いなく、敵艦隊だった。

露払いとしてフリゲート、太刀持ち役はやや大型の駆逐艦か。

それらはいい。

ズームをかけて、後方の艦を拡大して見る。

向ヶ丘の双眸が鋭く閃いた。

空母だ！

平面をした上部と、その脇に小さく載った島型艦橋は、今も昔も変わらない空母独特の姿である。

なおかつ、その最上面となる飛行甲板の先端が上向きに反ったスキー・ジャンプ形式になっているのは、中国空母の特徴ともいえる。

水上艦ならば大きくどよめくところだが、乗組員たちは興奮をあえて抑えている。

――もちろん、気持ちの高ぶりがないといえば嘘になる。声をあげたいところをこらえて、引きつった顔を見せる者がいれば、首を繰りかえし上下に振ったりして、過剰な気持ちを紛らわせたりしている者もいる。

共通しているのは、飢えた狼のような殺気に満ちた目である。

極上の獲物を前にした男たちの目、目、目。

「雷撃用意。目標、敵空母！」

向ヶ丘は、魚雷で敵空母を仕留めるべく命じた。

『たいげい』には、ほかにＵＳＭ（Ｕｎｄｅｒｗａｔｅｒ　ｔｏ　Ｓｕｒｆａｃｅ　Ｍｉｓｓｉｌｅ　水中発射対艦ミサイル）という攻撃手段もあったが、敵艦隊には対空兵装が充実した駆逐艦が含まれているのは確実である。

対潜と対空とを天秤にかければ、侮れない防空よりも手薄な対潜を衝くべきだ。

攻撃成功の可能性が高いのは雷撃だと、向ヶ丘は判断したのだった。先に見せた微笑には、首尾よく目標を捕捉できたという以外に、敵の対潜能力が予測どおりに甘いという嘲笑が含まれていた。

海自の艦隊であれば、潜望鏡を上げた瞬間に見つかって、護衛艦が急行してきただろう。

それ以前に対潜哨戒機や攻撃型潜水艦が、厳重に警戒していて、潜望鏡深度への浮上すらできなかったかもしれない。

敵の対潜能力を過度に恐れる必要はない。

いける！

「水雷長……よし、それでいくぞ」

魚雷は有線誘導式でいくと決定した。

航跡を追うパッシブ方式や探信音を発して反射音を拾うアクティブ方式で魚雷任せに撃ちっぱなしとすることもできるが、確実性を期すために、ここは最終段階まで艦側で誘導すると決めた。

光ファイバーで魚雷をつないでおき、目標までの針路、速力を艦が導くのである。

ソナーそのものの信頼性も高まるし、デコイに惑わされる確率を減らすこともできる。反面、誘導している間は離脱できないというリスクを抱えることになるが、敵の対潜警戒に過敏になっていては、勝機を逸する。

向ヶ丘は腹を固めた。

慎重ななかでも大胆さがなければ、チャンスを摑むことはできない。

チャンスは最大限に生かす。

それが、向ヶ丘のポリシーだった。

敵空母のスクリュー音が近づく。

「セット」

「シュート」

「ファイア」

直後、一八式魚雷が海中に躍りでた。

魚雷は一直線に敵空母めがけて突きすすんでいく。

向ヶ丘は命中を確信した。

第一章　くすぶる戦火

二〇二六年五月三〇日　宮崎

二〇二二年二月二四日に勃発したウクライナ戦争は、現代戦の常識を根底から覆《くつがえ》した。

世界は平和と安寧を長年享受してきたわけではない。

銃声はやむことなく、常に世界のどこかでは紛争の火の手があがっていたと言える。

しかし、それらは激しい戦車戦や航空隊が入りみだれての空戦、ましてや艦隊決戦が起こるような大規模な戦争ではなく、限られたエリアの奪いあいや反政府組織との抗争といった非正規戦や対テロ戦争がほとんどだった。

もはや国家対国家の戦争など過去のもの。ハイテク兵器や大型装備は無用の長物であって、必要なのは無人機や高性能無線機である。

ステルス戦闘機隊や水上艦隊よりも、重用すべきは特殊部隊である。

世界各国の軍はそのような潮流に晒され、部隊の大規模な再編や装備の見直しを迫られてきた。

しかし、ロシアによるウクライナ侵攻は、それらの「常識」をまとめて吹きとばした。

ロシア軍は一線級の戦闘機を飛ばして、ウクライナ領空の航空優勢を獲得しようとしたし、大規模な装甲部隊も続々と国境を越えてウクライナ国内へなだれ込んだ。

巡航ミサイルや大量のドローンを使った空襲も繰りかえしたし、秘密兵器たる極超音速ミサイルまでも投入した。

対するウクライナも西側各国の支援を受けて、堂々それと渡りあった。

そこにあったのは、れっきとした主権国家と主権国家との戦争であって、正規軍どうしが戦う、テロや内戦とは異なる大規模な正規戦だった。

二一世紀も二〇年以上が経過して、人も国家も成熟し、少なくとも国家間での対立に武力行使が選択される可能性はなくなった。

外交的にもそのような危険で単純な決断がなされることなど考えにくい。

そんな「現代の常識」も見事なまでに否定された。世界中が驚き、混乱と不安が世界中に広がった。

ウクライナ戦争は第二次大戦当時の八〇年前まで、時間を巻きもどした。

独裁国家、専制国家、全体主義国家は今なお、こうした暴挙に出る可能性があるのだと、世界の人々はあらためて思いしらされたのだった。

日本はそのあおりを食うどころか、その暴風をまともに浴びる当事者だった。

冷戦の終結とソ連の解体、代わったロシアの混乱と没落、それによるロシア軍の縮小と低迷……日本の陸海空自衛隊は相対的に近代化と拡張著しい中国軍への対抗が優先課題とみて、戦車の大幅減、人員減、南西シフトを進めかけていたのだが、ウクライナ戦争によって隣国ロシアという北の脅威がなくなったわけではないことを、あらためて思いしらされたのだった。

日本は戦略方針の大転換を踏みとどまらざるをえなかった。

中国という脅威の前面である南西に、全力を振りむけることが困難となったのである。

航空自衛隊一等空佐与謝野萌《よさのもえ》は、常勤している東京・市ヶ谷の航空幕僚監部を離れて、宮崎県の新田原基地へ出張していた。

一七〇センチの長身で容姿端麗、きれい系でスレンダーとくれば、否が応でも目立つ。

自衛官たる者、常に集中を切らさず、冷静に行動すべし、と繰りかえし摺りこまれている男性自衛官をも振りかえらせる、さすがの美貌だった。

正門の警備にあたっていた者から、航空団の士官まで、男どもは本能的に反応してしまう。

男に二度見されるのは女性からすれば自尊心が高まったり、逆に嫌悪感を覚えたりするのだろうが、与謝野の場合はいたって冷静に受けとめていた。

与謝野は筆頭格だったが、女性自衛官がけっして珍しくなくなってきた昨今、このような一般世間においてもモデル並みと称される美人自衛官は着実に増えてきていた。

これは絶対的な人員不足、志願者不足に悩む人事採用部門が、男性自衛官を「誘引」する目的で、こうした女性を特にスカウト、厚遇している……というマル秘情報もあるらしい。

もっとも、与謝野がそうした性的な視線で見られるのを嫌がっているかというと、実は意外にもそうではない。

高潔で有名だった過去の上司に、セクハラと思うなら聞きながせばいいと前置きをしたうえで聞かされたことが、今でも与謝野の心中深くに活動源として突きささっていた。

「美しい女性であること。それは貴様の立派な武器だ。それをあえて否定したり、避けたりするのではなく、それが利用できるなら、徹底的に利用してやればいい。

それで自分の無謀な主張がとおったり、きつい要求があっさりと受けいれられたりすれば、得だ。

そうだろう？

もちろん、男に媚びを売れというつもりは毛頭ない。

しかしだ。そこをうまくコントロールする世渡り術まで身につければ、貴様はさらにひと回りもふた回りも大きくなれる。

自己実現という意味でも、夢や目的に近づくのではないかな」

与謝野はその言葉をポジティブに受けいれた。

寄ってくる男は数知れなかったが、独身を貫いているのも、自衛官としてのメリットがあると考えてのことだった。

（しかしだ）

「自衛官急募」のポスターが目に入った。

採用は若干上向いたらしいが、まだまだ自衛隊は人材難にあえいでいる。

（なにもかもなってない。ないないづくしだからな、うちは）

嫌なことを思いだして、与謝野は軽く吐息を漏らした。

数年前に、沖縄の無人島を中国人女性が購入して騒ぎになったことがあった。

ＳＮＳ上にアップされたことで広く知れわたり、安全保障上の問題はないのか？　などとテレビで取りあげられたほどだったが、政府答弁は「法的には問題ない」とのあっさりしたものだった。

それどころか、アメリカの下院議長が台湾を公式訪問したことへの報復措置として、中国軍が台湾包囲の軍事演習を決行したこともあったが、その一環で放った弾道ミサイルが日本のEEZ（Exclusive Economic Zone 排他的経済水域）内に着弾したことを、ことあろうに日本政府は国際法上問題のないことだと、中国政府に抗議すらしなかったのだ。

政府は危機感がなさすぎる。

逆に自分たちが中国のEEZにミサイルを撃ち込んだりしたら、中国政府は怒髪天《どはつてん》を衝《つ》いて、外交的にも軍事的にも威圧して返してくることだろう。

それに、無人島の件もこの宮崎あたりは問題ないようだが、沖縄や鹿児島あたりは、その後も中国資本が買いあさっているらしい。

それを、行政としては目先のことしか頭になく、「外資だろうとなんだろうと、土地をお買いあげいただいたのはありがたい」などと言いだす始末では、この国はどうなっているのかと、首をかしげざるをえない。

やろうと思えば、そうしたところの前線基地化など、すぐにできる。工作拠点化なども簡単だ。

敵の領域へ深く入れば入るほど、妨害や攪乱の活動もしやすくなる。

現代の戦争というのは、航空機や艦艇をぶつけあったり、ミサイルを撃ちあったりするだけではない。

サイバー攻撃で相手国のインフラを麻痺させたり、大量のフェイク・ニュースをまき散らして相手国の世論を操作したり、攪乱したり、といったことを織りまぜるハイブリッド戦なのである。

そうした意味で、すでに戦争は始まっているといっても過言ではなかった。

政府や政治の中枢に有事への確たる方針と覚悟がない。

サイバー空間や宇宙においては法整備が進んでおらず、まともな攻撃手段がないどころか、防御手段すらままならない。

人が足りない、予算もない。まさに、自衛隊はないないづくしだった。

こうした事情が甘ければ甘いほど、敵性国家には「つけ入る隙がある」との誤ったメッセージを送ることになる。

日本を取りまく国際情勢は厳しさを増していた。同盟国のアメリカは対シリア、対イランを念頭に、イスラエル支援に戦力を割かねばならない状態にある。

北朝鮮は核開発、大陸間弾道弾発射と、挑発を繰りかえしており、予断を許さない。

もちろん、こうした状況にあって、防衛省、自衛隊ともなにもしていないはずがない。

危機意識をもっての対処能力の向上。その明確な備えのひとつが、ここにあった。

与謝野がここに来た目的のひとつが、その視察だった。

「まもなくです」

訓練飛行を終えた二機が戻ってくる。

ウェポンベイを内蔵した厚みのある胴体、空母への着艦を見越して、前方視界を確保するために、あえて短めに設計された機首、エッジマネージメントされた統一感のある角度で構成された一体感に満ちた機影は、空白でも珍しくなくなってきたステルス戦闘機ロッキード・マーチンＦ－35ライトニングⅡだった。

だが、それだけでは与謝野がここまで来る意味がない。

遠目で識別するのは困難だが、F－35はF－35でも、コクピット背後の胴体が左右に張りだすなど、三沢や小松にあるF－35とは細部が違った。

そう、新田原にあるF－35は空軍機であるCTOL（Ｃｏｎｖｅｎｔｉｏｎａｌ　Ｔａｋｅ‐Ｏｆｆ　ａｎｄ　Ｌａｎｄｉｎｇ　通常離着陸）のA型ではなく、STOVL（Ｓｈｏｒｔ　Ｔａｋｅ‐Ｏｆｆ／Ｖｅｒｔｉｃａｌ　Ｌａｎｄｉｎｇ　短距離離陸・垂直着陸）式の海兵隊仕様機であるB型だった。

航空自衛隊は航空作戦に柔軟性を持たせることと、任務の多様性を高めることを目的として、いずも型DDH（Ｈｅｌｉｃｏｐｔｅｒ　Ｄｅｓｔｒｏｙｅｒ　ヘリコプター搭載護衛艦）『いずも』『かが』に空母化の改装を施した。

合わせて、その艦載航空団としてF－35Bを装備する第五航空団を新設し、新田原に配置したのである。

F－35Bが着陸態勢に入った。

速度を落として、リフトファンの扉を展開する。プラット&ホイットニーF－135－PW－一〇〇エンジンの甲高い音が弱まる。

リフトファンはVLを実現する機構である。コクピット背後に直径五〇インチの大型二段式ファンが水平方向に内蔵されており、上下方向に機体を動かす。B型がB型たる所以《ゆえん》と言っていい。

尾部のエンジン排気ノズルを真下に向け、ウェポンベイの扉も開けて機体を支える。

大きく羽を広げて高度を落とす姿は、狙った獲物を掴みに効果する猛禽類を見るかのようだった。

陸上の滑走路への着陸だから余裕があるが、手抜きは許されない。

実際に降りるのは、洋上に浮かぶ空母の飛行甲板という、極めて限られた空間だからだ。

空から見れば、ほんの点にすぎないようなものだ。それを想定した訓練でなければ役に立たない。

二四〇億円もする高額兵器を無為に海没させたのでは、予算などいくらあっても足りるはずがない。

各部にRAM（Rader Absorbent Material レーダー波吸収素材）コーティングを施した機体が、宮崎の大地を摑む。

空自の識別マークは原則赤い丸だが、F－35だけは灰白色の丸いマークで代用されている。

これも、光学的なステルス性を意識しての措置だ。

主脚が地面に接触する。バウンドはわずかだ。

理想的な着陸である。これならば、空母の甲板を傷めることもないだろう。


続けて二番機も一番機の航跡をなぞるようにして降りてくる。

F－35Bを装備する空自の第五航空団は、アメリカの海兵航空団に追いつけ追いこせと戦力化を急いできた。

その海兵航空団との模擬空戦を含んだ合同演習や海自との遠征共同訓練、もちろん洋上飛行や渡洋爆撃、対艦攻撃の訓練もこなしてきたと聞いている。

その全貌は見ていないし、十分なものだったかどうかを判断できる立場にもない。

だが……。

「もう戦力として機能してもらわねばならないのだよ」

与謝野はつぶやいた。

中国の対外強硬姿勢は目に余る。

それが内政問題から目を逸らすための策略かどうかはともかく、軍事的なパワー・バランスが中国有利に傾いている今、武力行使という忌むべき行動を中国がいつ起こしても不思議ではない。

それが沖縄であればもちろん、台湾や南シナ海でも、日本が無関心でいられることは一〇〇パーセントない。

無責任な評論家たちは、よく日本が当事者となるのかどうかといった議論をしたがるが、そうではない。

官民とも中国との関係はそう簡単に断ちきれるようなものでもないし、四方を海に囲まれた島国である日本は、諸外国との輸出入に頼って成りたっており、シー・レーンは命綱である。

隣国中国が事を起こせば、そのシー・レーンはたちまち脅かされることになり、シー・レーンが寸断されてしまえば、たちまち日本は干上がる。

一億総国民が飢え死にするのである。つまり、どういう形にせよ、中国が戦争を起こせば、日本は当事者となることを免れない。

それを政府も国民も、自分たち自衛官も十分理解したうえで、危機感をもって有事に備えておかねばならない。

与謝野はこうした政治感覚にも長けていた。この厳しい状況下にあって、第五航空団は数少ない「備え」である。

第五航空団が機能しなければ、自分たち航空自衛隊はまともな戦いすらままならないかもしれない。

（せいぜい抗ってやるさ）

きつめのメイクと長いまつ毛に彩られた与謝野の双眸は、強い意志を反映して輝いていた。

濃茶色の瞳が多い日本人には珍しいグレーの瞳

だった。

（我々はけっして黙ってはいない）

この戦力そのものが抑止になれば理想だが、それで不足であれば、「我々はなにがあっても引きさがらない」という不退転の決意を見せておく必要がある。

敵が思いとどまらないならば、必ず蜂のひと刺し以上の痛い目に遭わせるとの強いメッセージである。

与謝野の瞳はダーク・ブルーに変色して見えた。光の当たり具合によるものだが、それはまるでさらに重大な責任と役割を背負ってまでやってみせようと覚悟を決めた、与謝野の気持ちの変遷を表したかのようだった。

二〇二六年六月六日　南シナ海

中国海軍中尉張玉垣《チャンユーヘン》は、機体の陰に身を潜めていた。

紫外線は肌の大敵である。

中性的な容姿で輪郭や頬骨も角張っておらず、細くスマート、爽やかで清潔というのが、張の人物評である。

ひと昔前の中国社会であれば、後ろ指を指されるタイプだったかもしれないが、今は美男子として見られていた。

そういう外見や高い美意識がありながら、軍人という強さを連想させるところがまた、女性を惹きつけるのだった。

傍らにいるサポート役の林《リン》少尉もまた、張と同じく中性的で童顔の新人だった。

物腰柔らかく、言葉遣いが丁寧。一重瞼が多い漢民族のなかで珍しい二重瞼を持っているのが特徴である。

「ご覧になりましたか？　中尉」

「聞くまでもないだろう。当然だよ」

なにが、なにを、という言葉が欠けていたが、それだけで二人の間ではつうじる。

あうんの呼吸というやつだ。

二人は軍の上下関係以前に、かなりの度合いのアニメファンだった。

アニメといえば、世界的に評価が高いのが日本のアニメである。

ワンピース最高！　ドラゴンボール大好き！

二人はそうした「固い絆」で結ばれていたのである。


「妙なことにならねばいいのですが」

「まったく、そのとおりだ」

二人にとって、今もっとも気になるのが対日関係だった。

軍人だからという以上に、日本との関係が悪化すれば、当然日本製品は中国に入ってこなくなる。

それは現物としての製品にとどまらず、映像も含まれる。

日本との関係が悪化ないしは断絶ともなれば、当局によって、日本からの放送も配信もシャット・アウトされるのは間違いない。

下手をすれば、日本製というだけで、旧作品まで遡《さかのぼ》って視聴禁止となるかもしれない。

そんなことになったら、自分たちの生活はどれだけ張りあいのないものとなってしまうか。

心配だった。

「仲良くしてもらいたいものですね」

「ああ」

二人の声には、ため息が混ざっていた。

対日関係が徐々に悪化しているのは、たしかである。

中国が南シナ海で岩礁を埋めたてて人工島を造成し、それを起点として勢力圏を主張しはじめたことに、周辺国のフィリピンやベトナムだけではなく、日本やアメリカ、オーストラリアまでも法の支配を訴えて、国際的に認められないことと反発している。

日本が実効支配している釣魚群島（日本名・尖閣諸島）についても、力による現状変更は認めないと、日本は一歩も退かないという姿勢であり、中日の小競り合いは長期間続いたままだ。

それ以上にまずいのが、台湾問題である。

中国は死活的利益であると、台湾統一を悲願としているが、当の台湾には拒絶反応が強いと聞く。

中国は、台湾問題は内政問題であって諸外国がとやかく口を挟むことではないと牽制しているものの、武力行使を解決手段とした場合に、アメリカが傍観者のままでいる気配はない。

アメリカが参戦してくれば、日本もそこに加わってくることは必然である。

そうなると、自分たちはこよなく愛する対象を失い、その生産国と戦う羽目に陥る。

（悲しいことだ）

張と林の思いに反して、中国軍はアメリカ軍を意識して、軍備増強に拍車をかけている。

張と林を日差しから遮っている機体は、その象徴ですらあった。

瀋陽飛機工業集団製の小型ステルス戦闘機Ｊ－

31の艦上機型J－35である。

　J－35はその機影からして、ロッキード・マーチンF－35ライトニングⅡを意識しているのがありありだった。

　短めの機首、胴体左右にDSI（Diverter-less Supersonic Inlet　ダイバータレス超音速インレット）方式で取りつけられたエアインテーク、V字型に開いた双垂直尾翼……評論家が中国版F－35と呼ぶのもうなずけるものである。

　同じ中国のステルス戦闘機J－20と違って、カナード翼もない。これもステルス性の追求を優先してのことだった。

　しかしながら、二一世紀初頭までのコピー大国と呼ばれていた時代と異なり、中国の技術力や工業力も飛躍的に進歩している。

　J－35も中国軍なりの独自要素が盛り込まれていることは言うまでもない。

　まず、F－35と違って、J－35は双発機である。これは単なる推力と速力追求だけでなく、エンジン・トラブル発生時の即墜落防止で決定的な利点があり、パイロットにとっての安心材料ともなる。

　尾翼は方向舵付きの垂直安定板と全遊動式の水平安定板とで成り、翼端の切りおとしはF－35よりは控えめである。

　全長一七・三メートル、全幅一一・五メートル、主翼面積四〇・〇平方メートルという数値は、艦上機型のF－35Cの一五・七、一三・一、六二・一と比べて前後に長く、左右に短く、速力重視の設計と言える。

　今も旧西側では中国軍のステルス機について、外見さえ真似れば実現できるものでもないと、そのステルス性に懐疑的な見方も多いとされているが、J－35が中国軍の海上航空戦力を一段階も二段階も押しあげる革新的な存在であることに変わりはなかった。

ロシアのSu－27をコピーしたものの、欠陥機との評を覆せなかったJ－11とはまるで違う。

中国軍の新しい艦載航空戦力の時代を切りひらくパイオニアとして、J－35は大きな期待を集めていた。

そして、その翼を休めている母艦もそれにふさわしい堂々たる空母だった。

ロシアの未成空母『ワリャーグ』を改造して完成させた練習空母『遼寧』と、それに続いた国産初の空母『山東』に見られたスキー・ジャンプ式の反った飛行甲板ではない。

アメリカ海軍の原子力空母と同様の、アングルド・デッキ――斜行甲板を持つ本格的な平甲板だった。

それだけで、艦載機の搭載重量が限られたり、滑走距離を長く必要とするために艦載機の運用効率が悪化したり、といった中途半端な空母ではないことがわかる。

それもそのはず『福建』と名づけられた中国海軍三隻めの空母は、先進的な電磁式カタパルトを装備した本格的な空母だったのである。

電磁式カタパルトは従来の蒸気式カタパルトに比べて、莫大な電力を消費するというデメリットがある反面、加速度の強弱をコントロールできるため、機体に余分な負荷をかけることがなく、華奢な機体も運用可能であること、配管がいらずに艦内設計の自由度が増すこと、などのメリットがあって、今後の空母には必須の装備と見られている。

全長三二〇メートル、全幅七五メートル、満載排水量八万五〇〇〇トンの堂々たる艦体は、宿敵アメリカ空母にすら比肩しようというものだ。

ステルス性を意識した鋭角的で傾斜角を付けた小型の島型艦橋をはじめとした艦容も近代的で、明らかに一番艦『遼寧』、二番艦『山東』とは一線を画したものだった。

もちろん、これだけの空母が単艦で航行するはずがない。前方には中国海軍が誇る南昌級超大型駆逐艦の三番艦『大連』が水先案内役を務め、周囲には旅洋Ⅲ級駆逐艦が展開して、鉄壁の防空網を艦隊上空に張りめぐらせている。

海上だけではない。ひそかに接近する敵性潜水艦を排除しておくため、海中では商級の攻撃型原子力潜水艦が前路啓開《けいかい》して艦隊を安全に誘導していた。

空母『福建』打撃群は、大きく胸を反らすようにしてバシー海峡を通過して太平洋に躍りでた。

我々はこれだけの力を手にした。

拡大と発展を目指す中国の前に日米が立ちはだかろうとするならば、実力で排除することも厭わない。

そうした中国軍の意思表示であり、象徴的な艦隊だった。

二〇二七年七月二〇日　四国沖

梅雨明け間もない四国沖に、ＤＤＨ『いずも』『かが』が竣工当時とは違った姿を見せていた。

緊迫した国際情勢をにらんで、足かけ五年にもおよぶ改装を終えた姿だった。

目的は言うまでもない。空母化である。

回転翼機に限られていた艦載機の運用能力を数段引きあげ、固定翼機の運用を可能とするための改装だった。

具体的にはチタンとアルミニウムの混合物を飛行甲板に塗布する耐熱コーティング、滑走距離の延長と露天駐機スペースの拡大を狙った艦首の形状変更と拡幅、着艦誘導システムの追加、航空管制室の視認性確保のための改修などである。

特に飛行甲板の耐熱塗装は、F―35Bが垂直発艦を行う際に、排出される一〇〇〇度ほどのプルームをまともに浴びるために必要不可欠となる。

台形状に狭まっていた艦首が、アメリカの強襲揚陸艦のように長方形となった外見上の変化以上に、『いずも』『かが』はこの改装で大きく生まれかわった。

その象徴であり、成果であるSTOVL（Short‐Take‐Off and Vertical Landing 短距離離陸・垂直着陸）機が発艦していく。

JSF（Joint Strike Fighter Program 統合打撃戦闘機計画）として開発され、制空だけでなく対地、対艦攻撃、さらには早期警戒任務も想定した多用途戦闘機であって、なおかつCTOL（Conventional Take‐Off and Landing 通常離着陸）、STOVL（Short Take‐Off／Vertical Landing 短距離離陸・垂直着陸）、CATOBAL（Catapult Assisted Take Off But Arrested Recovery）の三つの派生型を展開したF―35ステルス戦闘機の導入は、『いずも』『かが』の価値を革新的に引きあげた。

さすがに、アメリカ海軍の原子力空母と比べれば、飛行甲板が短いために、多少性能に制約があるB型、すなわちSTOVL機に限られるものの、その制約は微々たるものである。

それ以上に作戦海域を自在に変えられ、空中給油なしに洋上奥深くへ展開できるという作戦の柔軟性というメリットは、デメリットを補ってあまりあると言っていい。

『いずも』『かが』は自衛隊のなかでも、特に大きな期待を背負っているのである。

また、あまり触れられることがない点だが、F－35Bは旧西側各国で広く採用されているため、共同作戦がとりやすいという隠れたメリットもあった。

やろうと思えば、国家や軍を超えて機体をシェアすることもできるし、そこまでいかなくとも母艦を共用できることも大きい。

機体が同じであれば、燃料や弾薬は共通で融通できるし、どこの所属の機体でも整備できる。

その一環として、『いずも』『かが』は米英軍との合同演習に臨んでいた。

きな臭い東アジアで、いざ有事となれば、『いずも』『かが』に米英軍機が着艦を求めてくることもあるだろうし、空自のF－35Bがイギリス空母やアメリカの強襲揚陸艦に緊急着艦して補給を受けることも想定される。

作戦の都合上、国家や軍を問わず、各航空隊が国籍の違う母艦に分散して行動することも出てくるかもしれない。

それがいきなり本番でと、ならないようにする準備である。

ラウンデル――円形識別マークを付けたイギリス空軍のＦ－35Ｂが一機、また一機と発艦していく。

航空自衛隊第五航空団第五〇一飛行隊に所属する堂島樹莉《どうじまじゅり》一等空尉は、軽く感嘆の息を吐いた。

操縦しているのは同じＦ－35Ｂとはいえ、イギリス空軍では普段、大型のクイーン・エリザベス級空母で運用されているはずである。

正規空母のクイーン・エリザベス級と比べれば、海上自衛隊最大の艦である『いずも』もひと回り以上小さい軽空母にすぎない。

つまり、飛行甲板が狭く、発艦には神経質になってもおかしくはない。

それを、イギリス空軍機はなんなくこなしている。

そこで、堂島は上官である与謝野萌一等空佐の言葉を思いだした。

「イギリス空軍がなぜＢ型を採用したのか、その意味を知ることね」

イギリス軍も自衛隊と同じく、空軍機を海軍の空母に展開させるという運用手段を採っている。

アメリカ軍と違って、艦載機も空軍の管轄としているのである。

空軍機であれば、陸上発着の機が主流だろうし、艦載機に限定したとしても、大型のクイーン・エリザベス級空母であれば、より本格的な艦載機仕様のＣ型を採用してもおかしくはない。

そこでなぜ搭載重量などに制約を受けるＢ型を調達するに至ったのか……。

（こういうこと、なのですね）

堂島ははっきりとした二重の目をほころばせた。

きれい系の二八歳、独身である。

何隻もの空母を擁するアメリカ軍と違って、イギリス軍にはクイーン・エリザベス級の一番艦『クイーン・エリザベス』と二番艦『プリンス・オブ・ウェールズ』の二隻しか空母はない。

しかも、『プリンス・オブ・ウェールズ』は度重なる故障に見舞われて、稼働休止にも近い状態にある。

しかし、それでもイギリス空軍には遠隔地での航空作戦の要求が多々ある。

そこで、苦肉の策として考えたのが、B型の採用なのだろう。

B型であれば、友好国のより小さな母艦――具体的にはイタリア海軍の空母『カブール』や我が『いずも』『かが』、そしてアメリカ海兵隊のワスプ級やアメリカ級の強襲揚陸艦を間借りして運用できる。

母艦にこだわらなくとも、一部が傷んだ飛行場や途上国の整備が行きとどかない野戦飛行場的な狭い滑走路でも離発着が可能となる。

こうした運用構想で、イギリス空軍はあえてB型を調達したと思われる。

そして、それに応じた訓練も重ねてこなしていたのだろう。

だから、これだけスムーズに飛んでいける。

「さすがだね」

前世紀から航空先進国だったイギリスは、第二次大戦にも勝利して、アメリカとともに軍事力で世界に強い影響力を及ぼしつづけてきた。

それは、兵器全般が格段に進歩して戦闘様式が激変してきた現代においても変わらない。

あれもその意思表示のひとつなのだろうと、堂島は解釈した。

「かといって、譲るつもりはないけどね。司令に恥をかかせるわけにはいかないからね」

堂島は上官である与謝野を尊敬していた。

市ヶ谷の航空幕僚監部から異動してきた与謝野は、堂島が所属する第五〇一飛行隊のほか、第五〇二飛行隊を束ねる第五航空団飛行群司令として着任している。

高校から航空学生を経てパイロットとなった堂島と違って、与謝野は防衛大学卒のエリートだが、それを鼻にかけることもなく、自分たちに丁寧に接してくれる。それでいて、周囲とは堂々と渡りあう。

非の打ちどころのない容姿も素敵だ。

堂島にとっては、まさに「ああなりたい」という上官であって、もはや個人的に崇拝しているとさえ言える対象だった。

「クロウ1より2へ。出るよ」

「いつでも」

堂島のウィングマンを務めるのは、村山《むらやま》はな二等空尉である。

堂島と同じく、航空学生から入ってきた二歳下の二六歳。きれい系の堂島に対して、小柄で童顔、かわいい系で甘え上手というのが村山である。

男に興味がない堂島と違って、村山は寄ってくる男を軽くあしらって楽しんでいるふしがあるが、まあいい。

プライベートなところには立ちいる必要がないという、クールな堂島だった。

（さあ、いくよ）

鳶色の瞳が飛行甲板の先を見据えた。

リフトファンとその後ろにある補助空気取り入れ口、ロールポストの各扉とエンジン・ノズル下パネルを開く。

B型ならではの発艦姿勢である。

ちなみにロールポストとは左右の主翼下面、主脚収納部の外側に設けられた、エンジンからの抽気を下向きに噴射するノズルを指す。

これで機体の姿勢維持とロール――左右の傾きを制御する。ピッチ――前後の傾き制御はエンジン排気ノズルとリフトファン吸気口のサイズ変更で、ヨー――機首の左右向きはエンジン排気ノズルの向きを変えて制御する。

甲板で働くクルーは、役割別に色の違うベストを着用している。青は牽引やエレベータの捜査員、赤は武器や爆発物処理班、白は着艦信号士官や空輸士官、紫は給油係といった具合である。

ひと目で役割が識別できて効率的であるとともに、安全管理にも役立つ。

甲板上は艦載機のエンジン音をはじめとして、騒音に満たされているので、指示は主としてハンドサインで行《おこな》われる。

両腕を大きく左右に広げれば主翼の展開、親指を立てて両腕を上下させれば車輪止め解放、肘から先を垂直に立てた両腕を後ろに引けば、付いてこいとの指示だ。

黄色のベストを着たダイレクター（誘導員）がL字に曲げた腕をぐるぐると回した。エンジン回転を上げろとのハンドサインである。

プラット&ホイットニーF－135－PW－一○○エンジンの甲高いうなりをあげ、尾部の排気口が最大径に開く。アフターバーナーなしの最大出力である。

ダイレクターが身をかがめて、前方にまっすぐ腕を伸ばした。「発艦せよ」の指示だ。

身をかがめるのは万一でも主翼に接触しないよ

うにするための措置である。戦闘機の運用は些細なことでも、人の生死に関わる重大事を招きかねない。

安全確保は、けっして省略できない必要不可欠のものである。

ブレーキを切って、加速する。

飛行甲板の先端が迫ったと思ったときには、すでに堂島のF－35Bは甲板を蹴って上空を指向していた。

カタパルトによって強制的に空中に投げだされるのとは異なるが、堂島は余裕をもって発艦を果たした。

そのまま機首を上向けて、高度を稼いでいく。

すぐに村山が続いた。

エンジンは快調に回っている。左右のダクトはあえて曲げられ、エンジンのファン・ブレードが露出しないようにされているが、これもレーダー波を乱反射しないようにというステルス性を考慮してのことである。

まずは十分高度をとってから隊形を整え、空戦に備えようと思っていたのだが……。

「つっ！」

突然の「敵襲」だった。

一機が針路を遮るように眼前を横切り、さらに別の一機が堂島と村山を分断するように間を突きぬける。

「あれは……アメリカ海兵隊」

尾翼に描かれた馬の頭――チェスの駒でいうナイトの部隊マークが目に入った。

岩国に駐留している第一二一海兵戦闘攻撃飛行隊（ＶＭＦＡ‐１２１Ｇｒｅｅｎ Ｋｎｉｇｈｔｓ）所属を意味するものだ。

（米軍機）

しかも、海兵隊機となれば機種は同じＦ－35Ｂである。

機体の性能は同等、すでに有視界に入っている、となれば勝敗を決するのは、彼我の戦術判断と腕の差ということになる。

「やってくれるじゃない！」

「離れないで。来るよ！」

頭に血が上《のぼ》る村山を従える。乱された隊形を戻して、次に備える必要があった。

堂島は状況を再確認した。

戦術画面はヘルメットのバイザーに投影されている。

降下していった「敵機」は反転、急上昇して、背後につくつもりのようだ。

「そうはいかないわよ」

普段は美を振りまいている堂島の双眸が、凜とした眼差しに代わった。

右の主翼を跳ねあげて、左旋回をかける。

伝統的に運動性能を重視して設計されているロシア軍機や、二次元排気ノズルなどで実現する超機動性をうたうＦ－22ラプターと違って、Ｆ－35の運動性能は凡庸だとけなされることも多いが、レスポンスは悪くない。

主翼の面積が大きくて翼面荷重、すなわち単位面積あたりの抵抗が少ないという基本中の基本スペックがなせる業だ。

機体を垂直に倒したまま左へ左へと流れる。

視界の片隅にあった『いずも』が、洋上の点となって視界外へ去っていく。

（どうする？）

厄介な相手だと、堂島は思案した。

同一機なので、速度競争や単純な追いまわしは無意味である。ステルス機なので、BVR戦で楽に決着をつけたいところだが、とてもそうした距離まで離せるはずもない。

（古典的な格闘戦か）

もう視界内に入っているので、捜索手段は出し惜しみする必要はない。

レーダーもIRST（Infra-Red Search and Track system赤外線探知追尾装置）も総動員して「敵機」の位置を把握する。

「敵機」は堂島の航跡をなぞるようにして迫ってくる。

「いただきだね」

「あっ。駄目」

制止しかけたときは、もう遅かった。

喜び勇んだ村山の声は、すぐに失望のそれに代わった。

「え!?　なに」

「スプラッシュ・ワン！」

「誇らしげな」というよりも、堂島にはそれは小馬鹿にするような声にしか聞こえなかった。

追いこしていった海兵隊機が、鮮やかにビクトリー・ロールを決めた。

村山が撃墜判定を受けたのである。

堂島を追っていく機に、側面から奇襲をかけて撃墜する。それが、村山の狙いだった。

村山の技量も並み以上あって、狙いも悪くはない。だが、敵はその上をいっていた。

食いついたように見せかけて、食いつかせる。

敵の術中に、まんまと村山ははまってしまったのである。

言葉にならない村山の叫びが聞こえたような気がした。

悲しいとか怒りとかではなく当惑する思いに、今ごろ涙目になっているのかもしれない。

中距離のミサイル戦だったり、ドッグ・ファイトにもつれ込んだり、といったことは村山も想定していただろうが、敵はいきなり肉薄していっきに方《かた》を付けた。

電光石火の早業とはこのことだ。

模擬空戦で発艦直後の無防備なところを狙うとは、あまりに卑怯なという思いはあったが、そうしたことが禁じられていたわけではない。

反則行為と主張しても、敗者の遠吠えにすぎない。完敗だった。

（やられた）

「ヘイ。オジョウチャン。ナカヨクシヨウネ」

（この）

癇に障る声だった。神経を逆なでするとは、このことだ。

村山を「撃墜」した海兵隊機が、堂島機に並走してくる。

ヘルメットに覆われていて、見た目では表情はおろか男女の区別もつかないはずだが、奴はこちらが女性のペアだと知っていた。

それでいて、あえて村山を「撃墜」したのである。

（いけすかない奴だ）

妙な嫌らしさを感じずにはいられなかった。

男に特別な感情を抱くことが少ない堂島だったが、嫌悪感に表情がこわばるのが自分でもよくわかった。

続きは夜の懇親会だった。

『いずも』の多目的室に、日米英の関係者が集まっていた。パイロットとその上司、管制官、母艦の幹部等々だ。

「日常の緊張は一時忘れて、国籍を超えておおいに懇親を深めてほしい」という冒頭の挨拶があったものの、やはり堂島の行く先は決まっている。

尊敬する上官である与謝野萌一佐への挨拶は欠かせない。あわよくば、普段はけっしてできない私的な会話もしてみたい。休日はなにをしているのか？　趣味は？　特別なことではなくとも、憧れの存在となれば、気になるのも当然だ。

「与謝野一佐は？　……どこ。はなも探して」

「ん？　あ、あれ？」

人数は予想以上に多い。大柄な米英人がそこかしこに立っていると、ちょっとした林に遮られているようにすら感じられる。その隙間を縫うようにして探す。

「与謝野一佐、与謝野一佐……いた！」

イギリス空軍の大佐らしき人物と話す女性自衛官をようやく見つけられた。

肩に付けた階級章は佐官のもので星三つ、一佐を示しており、グレー半袖の第三種夏服に身を包んだまばゆい存在である。相変わらず強いオーラを放っていると、堂島にはまぶしく見えた。これまでの勲功と階級にふさわしい威厳と華やかさを併せもつオーラだ。

自分には学歴もないし、頭も良くないから、与謝野一佐のようにはなれないだろうが、それはそれでいい。

「自分は与謝野一佐の役に立ちたい。認められたい」と思う堂島だったが、その行く手を思わぬ相手が遮《さえぎ》った。

「ハイ。オジョウチャン」

「む！」

そのひと言で、誰かはすぐにわかった。

昼間の模擬空戦で、村山に撃墜判定を食らわせた海兵隊員だ。

（よく恥ずかしくもなく）

空戦で負けた。それを認めたくないわけではない。模擬空戦の場で、発艦直後を襲うという卑劣な行為が気に入らなかった。

禁止行為ではなかった。それを理解できなくはない。だが、そうしたことをしておいて、なにくわぬ顔で声をかけてくる。その無神経ぶりに腹が立った。

一瞥すると、レディッシュ――赤毛の大男だ。白人でごつごつした凹凸の激しい顔をしている。

「ノー・サンキュー。いくよ、はな」

堂島は顎をしゃくって、村山へ合図した。

こんな男にかまっている暇はない。いや、たとえ時間に余裕があったにしても、相手にしたくない男だ。

気分が悪い。だが、それを避けて行こうとする先に、今度は黒人の男が立ちはだかった。

アイ・コンタクトを見る限り、赤毛の大男の相棒のようだった。無表情でひと言も発しないが、命令には忠実ということか……。

「ノー・サンキュー。どいて」

目を合わせずに去ろうとする堂島だったが、男は諦めなかった。

「ソーリー。昼間のことで怒っていますか？」

（やはり、それをわかっていて。こいつ）

「ごめんなさい。あなた方にお近づきになりたくて。つい、あんな真似を」

（な、なに!?）

男が発した意外な言葉に、堂島の頬が痙攣した。驚きと呆れによるものだった。

（女と知りあいたいために、わざとやったというのか。こいつは。いったいどういう神経を）

堂島の心中など構わず、男は続ける。

「私は第一二海兵航空群第一二一海兵戦闘攻撃飛行隊に所属するジェイソン・テイラー。こっちは相棒のデレク・ビットナー。お友達になれると嬉しいです」

「樹莉さん……」

赤茶色の内巻き、ワンカール・ボブの村山が、当惑した声を漏らした。みずみずしい厚めの唇が上向きにねじ曲がり、アンバー――琥珀の瞳が揺れる。

「なにも心配はいりません。我々、悪い男ではありませんから。戦場でもね」

テイラーは大袈裟にウィンクして、親指を立てた。

欧米人というのは、ボディー・ランゲージを多用するなど、感情表現が大仰だとはわかっていたが、あまりのわざとらしさに辟易《へきえき》した。

第一印象としては、最悪だった。

「私は頼れる男ですよ。戦場でも、きっと守ってみせます。日本の部隊は下がっていて結構。戦いなれた我々海兵隊に任せてもらえばいいのですよ」

（それが本音か）

女などたいしたことはできないという考えはひしひしと感じられたが、偏見に満ちたこの男は、日本という国そのものを見下しているのだ。日本などしょせんアメリカの属国であると、戦場では女など役に立たないと考える侮辱的な男なのだ。

アメリカは自由の国であって、思想信条も多種多様と知っているつもりだったが、いまだにこんな古臭い女性蔑視、人種差別の考えを持つ男がいるとは情けない気がした。

　これが同盟国の軍人であって、いざ有事となれば、ともに戦わねばならない仲間だとは……。とうてい命を預けて戦う気になどなれそうにない。

「お飲みものでもいかがですか？」

　そこで、すっと堂島の前に飲み物が差しだされた。

「グラスではありませんが、そこはご容赦を」

　顔を向けた先では、金髪碧眼の男が笑顔を向けていた。

　階級章は紺地に黒台に水色の線が二つ。イギリス空軍大尉を示すものだ。

　知的でいかにもイギリス貴族といった風貌ながら、それを鼻にかける様子はない。

　戦闘艦艇のなかだから、紙コップに紙皿はありまえなのだが、そこでグラスなどとしゃれたことを言うのも、さすがのセンスだ。

「重い空気はやめましょうよ」

　男は笑みを振りまいた。

　堂島にだけではなく、テイラーにもだ。

「友好国の戦友となれば、フレンドリーにいきませんとね。自分はイギリス空軍第六一七飛行隊『ダムバスターズ』（ＲＡＦ６１７ＳＱ）に所属するカイル・フィリップスと申します。よろしく」

「あ。わ、わたしは日本の航空自衛隊第五〇一飛行隊の堂島樹莉」

「同じく村山はなです」

「ミス・ハナにミス・ジュリですか。よろしく」

　左の薬指に視線を流しつつ、フィリップスは右手を差しだした。

「俺はＶＭＦＡ一二一グリーン・ナイツのジェイ

ソン・テイラー。こっちは相棒のデレク・ビットナーだ」

「よろしく」

「よろしく」

フィリップスは堂島と村山だけではなく、テイラーとビットナーとも握手した。あくまでこの場をうまく取り繕おうと気遣う様子だった。

ましてや、テイラーから堂島をかすめ取ってしまおうなどというよこしまな気持ちでもないようだ。フィリップスには気持ちの余裕が感じられた。

（そういうことか）

フィリップスの後ろに控える女性を目にして、堂島は勝手に解釈した。

いかにもという白人女性だった。身長は一七五センチはあろうか。ブリュネット、つまり栗毛で翠眼、鼻が高く、きりりとした太い眉、透きとおるような白い肌で、おまけにグラマラスでもある。

これほどの女性が傍にいれば、余裕がないほうがおかしいというものだ。

テイラーが軽く口笛を吹いた。またもや目が「女を見る目」に代わっている。すぐに乗りかえる。現金なものだ。

「そちらは恋人かなにか、ですか？」

「恋人？」

堂島の問いに、フィリップスは目をしばたたいて後ろの女性を一瞥した。階級章は少尉を示している。

「それは本国に。恋人なんて言ったら、彼女に失礼ですよ。彼女の名はエミリア・バートン。自分のウィングマンを務めてくれています。優秀なパイロットですよ」

「そうですか。失礼しました。（違った？）」

堂島はバートンの微妙な表情の変化に気づいた。

「（そういうこと？　まあいい）お会いできて光栄です。樹莉です」

「エミリアです」

「樹莉です」

三人は抱擁しあった。

「さあ、せっかくです。親睦を深めましょうよ。滅多にない機会でしょうし」

フィリップスの機転で、この場は繕われた。

友邦のパイロット間で軋轢《あつれき》があってはいけない。共通の敵に立ちむかうときに、わだかまりがあっては、実力を出しきれない。戦う仲間は多いにこしたことはない。

実際のところ、フィリップスはそこそこの家系の出でもあったが、テイラーと違って日本人に一定の敬意を払っていた。

尊敬していた祖父が残した言葉を、フィリップスは常に胸にとどめていたからだ。

「八〇年あまり前、我が大英帝国は連合国の一員として戦勝国にはなったものの、太平洋では日本に敗れたと言ったほうが正しい。日本は侮りがたい相手だ。あえて敵にまわすことはない」

懇親会は盛況のうちに幕を閉じた。

やはり、人と人だ。国家と軍、その関係からの命令があったにしても、身が入った戦いができるかどうか。本当の意味で仲間と認められるか。信じられるか。

そのためには、相手を知らねばならない。

後日、しみじみとその意味が噛みしめられることになるとは、このときまだ堂島らは実感できていなかった。

第二章　発火点

二〇二七年一一月一〇日　東京・首相官邸

日本全国でサイバー攻撃が多発していた。

これだけ社会の隅々までネットワークが張りめぐらされ、ありとあらゆるものがインターネットを介して接続されたコネクテッド社会になれば、それを利用した犯罪が生まれるのは必然である。

だから、サイバー攻撃そのものは最近始まったものではなく、すでに数十年は各国各所で見られてきたものだった。

だが、その度合いや頻度、そして内容が極めて悪質化してきたのが問題だった。

以前、サイバー攻撃といえば、他人の金融情報をハッキングすることで仮想通貨を盗みだしたり、不正送金させたり、あるいは民間企業や官公庁のネットワークに侵入して極秘情報を盗みだす、いわゆるサイバー窃盗とでも言えるものが主流だった。

ところが、近年はそれに加えて、国家の中枢を担う機関や国家そのものに打撃を与えようという大規模な組織、あるいは国家そのものによる犯罪行為が疑われる事案が、爆発的に増えてきているのである。

これは、もはや犯罪というよりも攻撃だった。

規模の拡大もさることながら、その内容も凶悪化してきている。

具体的には高度な科学技術や軍事情報の不正取

得、膨大な個人情報を盗みだして社会不安を煽る行為、金融システムを破壊して社会の混乱を招く行為、国政レベルの選挙活動の妨害や介入、さらにはSNSやフェイク・ニュースを使っての相手国の世論誘導、大量のデータを送りつけての通信妨害、インフラを破壊しての相手国の国力減衰等々である。

ほとんど公にはされていないが、陸海空自衛隊や防衛省に対するサイバー攻撃は、二四時間三六五日といって差しつかえないほどに続けられているのが実態である。

日本はまだまだこの種の攻撃には脆弱であって、防戦もままならないのが実状だ。

特定されている「敵国」はロシア、北朝鮮、そして中国が突出しているが、情報の不正取得に限っては味方であるはずのアメリカ、フランスさえもサイバー空間では油断できない相手と考えねばならなかった。

こうした「外圧」を受けて、日本の政界も再編を余儀なくされた。一強多弱だった既成政党は合併と分離を繰りかえし、現在は中道右派の「未来日本の会」が政権与党となっているものの、実態としては連立与党に近い状況だった。

「難題ばかりだな」

首相浦部《うらべ》甚弥《じんや》は、こうした乱世で台頭してきた異色の政治家だった。世襲でない叩きあげであって、衆院当選はわずか五回、派閥政治や血縁力学が根を張った政界のままだったら、けっして表舞台には出てこなかった政治家だったろう。

だが、浦部は生きぬいた。あるのは出自や家柄だけで、能力も気力もない世襲政治家が続々と脱落していくなかで、消去法という選択肢の影響や国内外の状況が幸運に作用したのも否定できないが、浦部はあれよあれよとトップに昇りつめた。一番驚いているのが本人だというのは、事実に違いない。

「どうにかならんものかな」

浦部は七三に分けた髪をかきむしった。三割ほど白髪が混じっていたものが、ストレスで数カ月の間に倍は白髪が増えていた。

複数のメガバンクのサーバーがダウンして、ATMによる入出金をはじめとして、全国的な金融取引がショートしている。

一部の銀行は今月に入って、すでに三度めのこととなっている。

日本もただ手をこまねいているわけではなく、それがサイバー攻撃によるものだと断定し、ハッキング元が中国国内まで辿れることを突きとめた。

そこで、非公式にではあるが、厳重なる抗議と犯罪組織の摘発を中国政府に求めたものの、中国側は「そのような事実は確認できていない。仮に我が国内から発信されたものとしても、回線で経由されたものであって、我が国も被害者となる」と、にべもなかった。

中国は国家や軍とは別に、民間でも優秀なハッカーは国家が雇いいれ、サイバー民兵として活動させているとも聞く。

国家としての犯罪行為であれば、天地がひっくり返っても認めるわけがないのは当然のことだった。

「それでなにもできないとは、我が日本という国は立ちおくれているにもほどがあるな」

日本には自衛隊の一部以外は、こうしたサイバー攻撃に対する防衛組織はないに等しい。サイバー反撃などはなおさらだ。

それは法的問題も絡むためだったが、この実態を浦部が知ったのは、首相になってからのことである。

国民はおろか、国会議員にすら知らされていない。裏の組織もなにも存在しないことに、浦部は愕然として嘆くしかできなかったのである。

こうした実態を受けて、法改正とともに正規、非正規問わぬ技術者の確保と養成に可及的速やかに取りくむよう指示を出したが、それが日の目を見るのはまだまだ先のことだろう。

また、ここのところ「原因不明」になったままだが、停電が頻発しているのも悩み事だった。

これもサイバー攻撃によるものなのか、はたまた機器の老朽化などハード面の問題なのかが判然としない。局地的で短時間で復旧するため、大きな問題となっていないが、浦部にはなにかの警告に思えてならなかった。

さらに、目に見える現実社会でも、容赦なく国際問題や外交摩擦が降りかかってきている。

浦部を悩ませているのは、なんといっても対中問題である。

輸出入とも経済的には切っても切れない関係にある中国だが、外交上は対立が先鋭化してきている。

近年、中国の行動は、日本を煽っているとしか見えないのだ。

それを減少傾向に転じた人口問題と経済成長の鈍化、格差拡大、それらによる国力停滞に理由を求めるのは正しい。

中国にとっては、対外拡張政策が、行きづまりつつある内政問題を解消する特効薬として映っているのだ。

だから、中国はあからさまに覇権主義強化をうちだして、軍備拡張を強力に推しすすめている。

陸海空軍とも近代化は目覚ましく、弱小の沿岸警備隊にすぎなかった海軍は、堂々たる外征艦隊を整備しつつある。

本来ならば、こうした地域のパワー・バランスを一方的に崩す動きは、周辺各国が協調して抑えるべきなのだが、それらの外交と政策の失敗は、中国の強硬政策に拍車をかけた。

具体的にはアメリカのアジアへのプレゼンス低下と、ロシアの衰退、そして経済的にも軍事的にも長期低迷する日本の責任も大きいと言わざるをえなかった。

法の支配を無視した力の行使によって、望むものが手に入るという誤ったメッセージを、中国に送ってしまったのである。

中国は南シナ海の岩礁を埋めたてて人工島を造成し、そこを軍事基地化することで各国を威嚇している。

一方的に支配権の確立と領海領空、防空識別圏の設定を宣言し、南シナ海の内海化を目論んでいるのだ。

その動きは東シナ海にも及んでおり、艦隊や爆撃機を活発に動かし、日本の同意なく海洋調査や海底の掘削なども始めている。

日本は厳重に抗議しているものの、その動きを中国が止める気配はない。

台湾統一を死活的利益と言う中国は、尖閣諸島どころか沖縄さえも歴史的に見て中国の一部であると主張しはじめており、その辺りでいつ銃声が響いてもおかしくはないほどに緊張が高まっていた。

その最前線たる尖閣諸島で、これまでで最大ともいえる「事件」が勃発した。

情報が一部錯綜《さくそう》していたものの、冷静に分析すると、どうやら尖閣諸島最大の魚釣島の接続水域から領海に侵入しようとした中国の海警船と、それを阻止しようとした海上保安庁の巡視船が衝突、損傷したらしいのだ。

中国海警局の船は、海軍の駆逐艦やフリゲートを「おさがり」する形で、近年急速に大型化と重武装化が進んでいる。

最大の船は七六ミリ速射砲と三七ミリ連装機関砲二基、ヘリコプター二機を積む満載排水量一万五〇〇〇トンの『海警2901』であり、海軍の巡洋艦にすら匹敵するほどの大型艦である。

こうした動きに危機感を高めた日本も、海保の装備を充実すべく動いているが、今や日本と中国の国力差は歴然としており、引きはなされないようにすることすら容易ではなかった。

結果、海保の巡視船は行動不能となって、近くをパトロールしていた台湾海軍の艦艇に救われて、台湾へ曳航された。

国際常識や国際法に照らしあわせても、なんら問題はない。

いたずらに死傷者を増やさず、船も沈没を免れたと、拍手喝采となるはずの結果だったが、極限状態の緊張にある「固有事情」がそれを許さなかった。

なんと、これが「日本の巡視船が台湾に拿捕された」との誤報となって、世界中に流されてしまったのである。

ネット上では賛否が渦巻き、「表現が異なるだけではないか」という冷静な見方がある一方で、「尖閣諸島の争奪戦に台湾も参戦か！」などという無責任な煽り文句も激しく飛びかった。

NHKや民放での「有識者」による討論会も収拾がつかなかった。この期に及んでも、マスコミが単に視聴率欲しさにセンセーショナルな見出しや過激な意見を求め、「有識者」として呼ばれた面々の質は、あからさまに悪かった。

そのチャンスを中国が逃すはずがなかった。

中国外交部は、「日本が許可なく我が領海に戦闘艦艇で踏み込んだ。これは我が国に対する重大な挑発であって、断じて許されることではない！」と、自分を被害者に、日本を加害者に、仕立てあげたのである。

ここでも日本の対応は後手後手にまわる拙《つたな》いものだった。

「台湾の総統府と直接話したいが、調整はついたのかね？」

「それが……」

浦部に答える外務大臣深沢純《ふかさわじゅん》の歯切れは悪かった。

「台湾との通常回線が非常につながりにくくなっておりまして」

「通信障害？　妨害かなにかか？　まさか、中国!?」

「証拠はありません」

目を剝く浦部に、深沢は真っ白な髪をオールバックにまとめた頭を小さく左右に振った。

ハト派で慎重な深沢だったが、タカ派の官房長官半田《はんだ》恒造《こうぞう》は強気だった。

「中国に決まっているだろう！　そんなことをして得をするのはほかにあるまい」

「うぬう」

浦部はうなった。

「たしかに、そうだが。中国もそこまでやるかな？」

「首相！　弱気になったら負けです。あの国は相手を見て態度を変えるのです。格下と思ったら、それこそかさにかかって攻めてきますよ！　我々も一歩も退かぬ覚悟でおりませんと。ところでだ。防衛大臣。あっちは？」

半田は防衛大臣美濃部敦彦《みのべあつひこ》に目を向けた。

美濃部は防衛大学卒の親米だが現実路線の男だ。黒髪だが薄い頭髪の半田に対して、政治家にしては短めに刈りそろえた髪をしている。風貌だけで言えば武闘派に見えるが、半田ほど過激でもない。

浦部はこうしてバランスをとって組閣していた。

「アメリカ政府は台湾総統府と独自の秘匿回線をもっており、必要ならば日本政府には協力すると回答してきました。が……」

「が……なんだ」

不審そうに説明を求める浦部に、美濃部は苦い顔で深沢を一瞥した。

深沢は渋い顔に、ますます皺を走らせている。

「日本政府や自衛隊は台湾との独自回線も持っていないのかと、呆れられましたよ。有事への備えがなさすぎる。外交が軽薄すぎる、とね」

「事実だ。認めざるをえない」

浦部は憮然として、こぼした。

これが日本という国の実態なのだ。経済力を武器に、アメリカの軍事力を盾として頼り、その陰に隠れて平和を享受してきた。

反面、対外的には惰眠をむさぼり、国際紛争を自力で解決する手段を持たなかった、持とうとしてこなかった。

外交も相変わらず三流で、有事を想定した準備などなにもできていない。

友好国との関係強化と、いざというときの対処と連携の取り決め、対立国とは衝突時のエスカレーション防止策の構築等々だ。

まったくもって、準備不足と言っていい。

宣戦布告と参戦を決めているソ連に、和平の仲介を依頼しようとしていたという滑稽で情けない失態外交の第二次大戦時から、なにも学んでいないと言われても仕方がない。

このままでは日本は沈む。まず、この現実から目を背けてはならない。

たとえ、痛みを伴おうとも、それを直視して変えていかねば、日本は生きのこれない。

「認めざるをえないが、嘆いていても仕方がない。そこは早急に立ちあげが必要だな。政府だけではなく自衛隊もだ。どうしても我が国単独で難しければ、アメリカに頭を下げて頼むしかあるまい」

白髪だけではなく、浦部の顔には苦労の跡が皺となって目立っていた。

あれも駄目、これも駄目、と泥船のような日本という国を、浦部は引っぱっていかねばならない立場にあった。

世界の早い変化に、国が追いついていない。

(貧乏くじだな)

政治家でなくとも、首相になるというのは、多くが夢に抱くことだろう。だが、それは平時だったらとの条件がつく。

第二次大戦後、八〇年もの長い間、平和に暮らしてきた日本人は、国際紛争などまるで疎《うと》い。

政権投げだしも本気で考えたい浦部だったが、今に限れば誰も拾う者などいないだろう。

(だから、俺になったのか)

浦部は胸中で自虐的につぶやいた。

こうしている間にも、「有事」の足音はひたひたと日本に迫っていた。

二〇二七年一一月一七日　横須賀

自衛隊のハーロックこと向ヶ丘克美二等海佐は、同僚が自宅とする官舎にいた。

迎えたのは防大五四期の同期であるＦＦＭ（Ｆｒｉｇａｔｅ　Ｍｉｎｅ　Ｍｕｌｔｉｐｌｅ　多用途フリゲート）『もがみ』艦長権藤良治《ごんどうりようじ》二等海佐だった。

二人とも海自の現役自衛官であって、現場に出ている身である。

特に潜水艦『たいげい』の艦長を拝命している向ヶ丘は、常に機密とされる任務に従事しており、いったん海に出てしまえば、長期間戻らないこともざらにある。

その二人が陸にあがって、しかも休暇が重なるなど奇跡的ということで、たまには食事でもどうかということになったのだ。

小太りで潮焼けした赤い肌、角張った大きな顔をした権藤は周囲から「昭和男子」と呼ばれている。

スマートな向ヶ丘とは対照的な容姿だったが、正反対なものは不思議と馬が合う。二人は防大時代からの親友だった。

ちなみに権藤というのは九州の豪族由来の苗字と言われている。良治という名前は、良く治める――平和と安定を願って両親が付けてくれたものと聞かされていた。

「うわあ。格好いい。ねえ、お父さんの友達なの？」

顔を覗かせたのは、権藤の次男坊である風太《ふうた》である。小学校にあがったばかりの七歳で、好奇心旺盛である。小さい風太の目にも、向ヶ丘は格好いいと映るらしい。

「駄目よ。風《ふう》、ちょっと。お父さんたちね、大事なお話しがあるから、邪魔しちゃ駄目ね。静かにしようね」

慌てて妻の里奈《りな》が風太をつまみだした。

自宅とはいえ、自衛官である夫たちの会話には、一般人が聞いてはいけないことが混ざることもあるだろう。

里奈は自衛官の妻としての「常識」を心得ていた。

「申し訳ありません。うるさい家で」

「いえ。あがりこんでいるのは自分のほうですから。お気になさらずに」

下がっていく里奈に、向ヶ丘は頭を下げた。

「悪かったたな」

「いや、とんでもない。賑やかでなによりだ」

権藤に向ヶ丘は笑みを返した。正直な思いだった。

この少子化の日本で、子供の声が聞けるのは幸せなことだ。

晩婚化、経済問題、子育て環境の不備……日本政府も国力衰退と社会保障の悪化に危機感をもって各種対策を講じてきたが、どれも決定打に欠けるというのが正直なところだ。

若くして見合い結婚と、今時珍しい二男二女を抱える権藤は、国が推奨する「理想の家族」であることは間違いない。

周囲からは、「よく子作りしている暇があったな」などと冷やかされているが、立派なことだと向ヶ丘は感じていた。

「大きな家庭を築いた。それだけでも立派なものだ」

「俺はなにもしちゃいない。子育ては妻に丸投げしているからな。妻には感謝しかないよ」

権藤も謙虚だった。こうした人間性も、部下に慕われる一因だった。

圧倒的なカリスマ性と容姿、オーラで人を惹きつける向ヶ丘とは違った魅力が、権藤にはあった。

「俺なんかは」

「貴様には貴様の生き方がある。他人がとやかく言う問題ではない。俺は貴様の生き方を尊重するよ」

「感謝する」

向ヶ丘は小さく口元をほころばせた。

その気になれば結婚などすぐにでもできる男だと、権藤は向ヶ丘を見ていた。

男から見ても思わずため息が出るほどの憧憬の容姿に、社会的な地位、高いかどうかはともかく安定した経済力……家を空けることが多いというのも、逆に好都合と考える女性も多いことだろう。

だが、向ヶ丘は一人の女性を自分に拘束するということを嫌った。

不安定で命の保証もないと、どこか死の雰囲気すらちらつかせる向ヶ丘は、結婚に対しては終始後ろ向きで逃げ腰だった。

だから、その点では権藤を尊敬できた。向ヶ丘と権藤はけっして不思議ではない、しっかりとした理由のある「吊りあう」関係だったのである。

「いつ死ぬかもわからん身に、人を付きあわせることなどできんよ」

「なに。いざ戦争となったら、水上艦もそう変わらんぞ。それこそ、核でも撃たれたらおしまいだ」

「核か」

対中関係という意味で、東シナ海のきな臭さは増していた。

中国軍が日本に直接侵攻するというシナリオは考えにくいものの、翌年一月の台湾総統選挙が台湾有事のトリガーになるという指摘は根強い。

台湾有事は日本有事——日本も当事者となるのは避けられない。

ウクライナ戦争によって、平和主義や外交解決が通用しない相手がいるということは、日本政府も国民もよく理解しており、中国はその「通用しない相手」として認知されている。

だから、いざ台湾有事となれば、自衛隊は中国軍と命を懸けて戦わねばならない。

それが現実となる日が近づいているかもしれないと、自衛官ならばもう覚悟を決めねばならない状況にきていた。

では、戦争になった場合、戦場はどこまでおよぶのか、核大国である中国は核攻撃をしてくるのではないか？　アメリカによる核の傘は本当に頼れるものなのか？　と、日本国内では核の傘がしきりに問題提起されるようになってきている。

その延長で核武装論やアメリカとの核シェア、在日米軍への核配備、つまり日本への核持ち込み——これら攻勢論が勢いを増している。

もちろん、その一方で「核兵器をもたない、つくらない、持ち込ませない」という非核三原則は堅持すべきだ。被爆国としての誓いを忘れたか。と、いった核アレルギーが解消されるはずもなく、日本の世論は二分され、日本社会は分断が鮮明となってきていた。

これでは、政府もますます決断が難しくなってくる。

二〇二七年一一月一九日　東京・首相官邸

空気は重かった。参集している面々の表情は硬く、疲労の色も濃い。

中国の挑発的で攻撃的な対外強硬姿勢は、さらに鮮明となってきていた。

諜報活動や技術窃取の摘発で追放される外国人は急増しており、それは公式な外交官にも及んでいる。

艦艇や航空機を使った直接的な威嚇も頻度、程度とも増しており、緊張が高まっている。

日本はその荒波をまともにかぶっており、足場は徐々に崩れている。

尖閣諸島領海への中国公船の侵入は常態化しており、上陸しての支配下宣言がいつ行《おこな》われても不思議ではないという毎日が続いている。

先島諸島はおろか、沖縄本島の鼻先まで爆撃機が北上してくるのも珍しいことではなく、宮古海峡を通過して中国海軍の艦隊が太平洋へ進出するケースも頻発している。

こうしたことを受けて、自衛隊の戦力と任務範囲の拡大を求める声と、従来路線の抑制と忍耐、力による対処を戒める、いわば防御力増強とその反対論とに、日本の世論は真っ二つに割れていた。

たしかに、平和主義と平和憲法を掲げる日本の理念からすれば、外交に活路を求めようと後者の支持が根強いのもうなずけるのだが、ロシアのウクライナ侵攻によって、平和主義と対話による解決は理想にすぎないと、世界中が思いしらされた。

ロシアも中国も独裁政権による全体主義国家なため、中国もその気になったら手段を選ばないだろう。

中国政府は国力拡大、国家繁栄のためとして、露骨な拡張政策と覇権主義を打ちだしており、台湾統一、沖縄併合という野心をあらわにしたときには、軍事力の行使も躊躇しない。

そのように危機意識を高める日本人も現実的に急増してきたため、対話による解決という平和主義は後退し、防衛力増強と戦力保持の憲法明記という意見が拮抗してきている。

ただ、そこで国民一丸とならないところが、官房長官半田恒造には歯がゆかった。

「いまだに軍国主義はやめろだの、先軍政治だの言う者がいるとは情けない。

黙っていたら、尖閣どころか沖縄すら奪われる。それでもいいのか。座して死を待つのか。

そういう連中こそ、与那国島や石垣島に人柱としていればいいんだ」

「官房長官……」

言葉を慎むようにと、首相浦部甚弥がたしなめた。

「我々の説明が不足しているというのもたしかだ。どういう理由で実際にどういう危険が迫っていると、理解できている国民がどれだけいるか。

本当にそれを理解しているならば、国防軍の創設も防衛費と戦力の倍増も簡単に実現するよ。国民負担でな。防衛大臣の意見は？」

「はっ」

防衛大臣美濃部敦彦が口を開いた。

防衛大学卒の美濃部は、お飾りの大臣ではない。内情にも精通している真の大臣だった。

「予算をいくらかかき集めたところで、戦力で中国の上を行こうというのは、もはや不可能です」

タカ派で強気一辺倒の半田と違って、美濃部は専門家であるがゆえに、むしろ現実主義者だった。

「装備を充実させても、それを動かす人がいなければ、戦力にはなりません。我々にはそれがない。自衛隊員の定数割れは深刻です。

それに認めたくはないものの、国力も引きはなされてきているのが現実です。軍拡競争となったら敵いません。だから」

そこで美濃部は浦部と半田、そして外務大臣の深沢純の顔を順に一瞥した。

「大事なことです」という念押しだった。

「だから、我々は近年急ピッチで抑止力となるべき戦力を整備してきたのです」

「そのとおりだ！」

我が意を得たり、と半田が大きくうなずいた。

「戦前回帰でも軍拡でもなんでもない。これは敵によからぬことを考えさせないための予防措置だ。あまりに持たざるならば、それは敵に誤ったメッセージを伝えることになる。日本は弱い、しょせん日本はなにもできない。日本などすぐにでも蹂躙できる。と、敵に考えさせてはならんのだ」

「それを国中に浸透させるのも我々の仕事なのだがな。それができてこなかったのも事実だ」

浦部は嘆息した。

歴代政権もなにもしてこなかったわけではない。

集団的自衛権の行使を可能とする武力攻撃事態対処法の改正、共謀罪の制定、特定秘密保護法の成立……すべては「有事」への備えだった。

戦後八〇年の日本は外国から見れば、あまりに脆弱すぎた。その遅きに失したせめてもの対策といえたが、いずれも国民の合意形成ができて成立したとは言いがたい。

常に、悪しき戦前への回帰、国家による国民統制の始まり、悪しき治安維持法の再来、民主主義後退、などと非難を集めたものばかりだった。

「損なものですな。国家、国民のためにやったことなのに叩かれる。チャイナ・リスク税も鈍いものだ」

「チャイナ・リスク税」という半田の声に、深沢は渋面を見せた。

チャイナ・リスク税とは、中国が軍事行動に限らず、強権を振りかざした際に、邦人の移動や脱出が困難になりかねないこと、経済活動も麻痺するであろうことなどを念頭に、徐々に中国市場から撤退せよと、ひそかに国策として経済界に圧をかけていたものである。

しかしながら、罰則も曖昧で強制力も乏しいので、撤退まで応じる企業はそれほどないというのが実状だった。

それだけ、民間の危機意識はまだまだ高まっていないという証拠だった。

ただ、事態は楽観できる状況とはかけ離れている。

「米軍経由の情報ですが、中国軍が内陸部からの戦力移動を始めているようだと。米軍はそれを本格的な沿岸部への戦力集中と見ているようです」

緊張がさらに高まる。

浦部と半田が低いうめき声を発した。

それは些細な挑発行動や尖閣諸島への上陸など小規模な作戦準備ではない。

前々から危険視されていた中共による台湾の武力併合が行われようとしている。その前兆と見ていい。

そのとき、日本は傍観者ではいられない。

在日米軍の動きを封じるために、中国軍が在日米軍基地を攻撃してくるのは避けられず、沖縄は必ず戦場となる。

　中国から見れば、日本はアメリカの属国だから、自衛隊そのものも攻撃対象となるだろうし、防衛戦構築のために、中国軍が先島諸島の確保に動くことも十分考えられる。

　由々しき事態である。

「これに伴い、台湾軍と米軍はデフコンレベルを一段階引きあげるとのことです」

　デフコン――Defense Readiness Condition――防衛準備体制とは、端的に言えば戦争準備の指針である。平時は五で、引きあげるほど数字は小さく、危機的となる。

「ついに来たか」

　美濃部の報告に、浦部は双眸を閉じて眉間をつまんだ。

　対中戦勃発のXデーが近い。緊張に頭が絞めつけられる思いだった。

「外交筋は？」

「……はい」

　浦部以上に、深沢は苦い表情だった。

　戦争は外交の敗北を意味する。深沢のオール・バックにした白髪は、量も少なくなったように見えた。

　ハト派で親中派の深沢としては、中国政府に幾度となく懐柔を試みてきたつもりだった。

　軍事的な衝突は最悪の結果であって、中国にも相応の打撃となる。軽率な行動は厳に戒めるべきだ。

　日本は敵ではなく、隣国のパートナーである。中国人民と日本国民が手を取りあい、ともに歩んでいけば、両国にとってより良い未来があると信じる。

　深沢は軍事力の行使という強硬手段までは、中国も採らないだろうと予想していたのだが、それはあっさりと裏切られたようだ。

深沢の考えは、勝手な希望的憶測にすぎなかったのである。

「台湾有事は近い。アメリカ国防省もそう考えているようです。対話の扉は閉ざされたわけではないものの、交渉の余地は極めて乏しくなったと」

「そうか」

浦部は天を仰いだ。

いざ開戦となってしまったら、いったい日本はどうなってしまうのか。中国と台湾との貿易が止まっただけでも、大騒ぎになることは必至だが、交通路の遮断も深刻な影響を及ぼすと予想されている。

中国経由の空路は全面的に止めざるをえないし、海路も大きく東側に迂回せねばならない。

言うのは簡単だが、費用も時間もとてつもない圧迫となってくるはずだ。

それによる産業活動や国民生活への影響を考えると、恐ろしくなる。

シミュレーションは幾度も繰りかえし行ってきており、対策もそれなりに考えてきたつもりではある。

だが、いざそれが現実となったときのことを思うと、浦部は悪寒を禁じえなかった。

こんなことは戦後八〇年もなかったことだ。

この間、グローバル化は格段に進み、食料自給率向上、地産地消の掛け声とは裏腹に、日本の海外依存は高まるばかりだった。

昔とは比べものにならないほどに、緊密かつ複雑に絡んだ対外ルートがショートしたとなれば、日本社会にはどれだけの支障が出るか、試算数字など思いだしたくもなかった。

それと、さらに直接的に問題となるのが、人的被害だ。

いざ戦端が開かれれば、自衛隊員は命を懸けて前線で戦うことになる。

これまでの平和な社会では考えられないほどの死傷者が出ることが確実だ。

ウクライナの例を見ても、民間人に犠牲が出ることも、遺憾ながら避けられない。

そのとき、自分は戦死者、犠牲者の家族に、なんと言って詫びればよいのか。

考えれば考えるだけ、苦悩が深まった。

「……とにかくだ」

浦部は言葉を絞りだすように口にした。口調は重く、声量はか細いものだった。

「邦人退避の準備は最優先に。産業界には再度不要不急の滞在者の帰国を強く要請を。それと陸海空自衛隊の即応体制は言うまでもない」

「承知しました」

「頼む」

浦部は深く息を吐いた。

戦時にある国の指導者というのは、これほどまでに苦しむものなのか。そのような歴史上の人物たちは、精神的にも体力的にもタフなものだなと感心した。

(自分は……)

もしかすると、まっさきにあの世に旅立つのは自分かもしれない。そう思うと、引きつった表情のなかに、自虐的な笑みが浮かぶ浦部だった。

二〇二七年一一月二二日　蕪湖市《ウーフー》

華東北部安徽省《アンホイ》の南東部に位置し、長江沿いにある蕪湖市は中国空軍の要地と言える。

そこに展開する第九戦闘旅団に所属する陳海竜《チンハイロン》大尉は、恋人を前ににやけていた。

恋人の劉鶴潤《リウホールン》とは職業柄、なかなかスケジュールを合わせられず、ビデオ通話もままならない。

久しぶりのリアル・デートに、心弾む思いだった。

軍人らしく短めに刈りこんだ頭だが、おしゃれしてやや立ちぎみに右に流した髪をしきりに気にする。

第九戦闘旅団の装備機は成都《チエンドウ》飛機工業公司製のJ－20ステルス大型戦闘機である。

中国空軍のなかでもめぐまれた装備であって、エリート・パイロットの一人に数えられている。

だが、陳がそれを望んでいたかというと、必ずしもそうではない。

「あなたねえ。もう少しなんとかならないの？」

劉の不満は決まっていた。互いの顔を見て話す機会が少なすぎる。

それに尽きた。

「軍というところは、まったく」

「仕方ないだろう。飛行機を飛ばすことくらいしかできないのだから」

実は、陳は軍人を職業のひとつとしか考えていなかった。ほかにできることがあれば、ほかにいく。信条や国家への忠誠心などは関係ない。

それが、陳の考えだった。

もっとも、それなりの地位と名誉、経済的な保障があるから、ここにおさまっているということも否定はできなかったが。

「困ったものね」

「ごめん。許して」

陳は低頭身に徹していた。普段強気の陳も、劉には頭が上がらない。

引っぱる劉に、引かれる陳――二人の関係性はそうだった。

ただ、陳が一方的に障害となっていたわけではない。

共産国というと、少なくとも旧西側諸国から見れば、「抑圧的で個人の自由などない。国家の都合が優先で、軍人は使いすての駒にすぎない」というイメージがあるのだが、一党独裁が続いているとはいるものの、経済力を急拡大して豊かになった中国は、昔とはまるで違った。

大国として世界各国と渡りあううえで、軍人のステータスも上がり、待遇もけっして悪くはない。

たしかに、個人としての自由は二の次とはなるものの、休日などはへたな民間人よりもずっと多いくらいだった。

二人がなかなか会えない理由は、実は劉にも大きな原因があったのだ。

「あなたもサッカー選手だったら、もっと自由だったかもね」

「それを言ってくれるなよ」

二人はサッカー観戦をきっかけに交際している。陳は少年のころからサッカーをしていたが、プロ選手にはなれずに軍人になったという経緯があった。

運動神経や基礎体力、動体視力などに優れていたから、ファイター・パイロットの仲間入りを果たせたのである。

一方、劉は日本の女子サッカーＷＥリーグのマイナビ仙台に所属しているれっきとしたプロ選手である。

劉が日本でプレーしていることも、頻繁には会えない大きな原因だったが、気の強い劉はそれを気に病むどころか、「たまには日本に応援に来い」とまで豪語する始末だった。

二人の関係性において、完全に主導権は劉が握っていた。

「まあ、いいわ」

怒られながらも、陳は劉に見とれていた。

艶やかで健康的な肌と、歯並びのよい純白の歯が美しい。

サッカー選手という都合上、動きやすくて清潔感のあるショート・ヘアながらも、センターパートでパーマをかけたエアリー・ショートにして、大人の女性を演出した劉に、ぞっこんの陳だった。

「いつまでこっちに？」

「中断期間で帰国したところだから、まだしばらくはいるわ」

「ほんと!?　よおっし」

陳は高々と右拳を突きあげた。

「やめなさいよ。みっともない。それに、あなたが出張だ、遠征だ、なんて言いだしたら終わりだからね」

「わかってる。わかってる」

陳は笑みいっぱいに返した。

いい感じだ。休暇のときは、しばらく劉といっしょに過ごせる。せっかくだから、旅行にでも行くか。どこへ行く？　四川にでも行って、うまい飯でも食うか。

だが、陳の期待などおかまいなしに、政治は動く。

このわずか数カ月後に、国内外の状況ががらりと変わってしまうとは、陳も劉も想像だにしていなかった。

　国家に忠誠を誓っている者はまだいい。政府を信頼して支持している者も納得がいくだろう。

　しかし、職業軍人とはいえ、そうした感覚がまったくない陳にとって、その発火点に身を投じねばならないことは、悲劇でしかなかった。

　二〇二七年一一月二四日　三沢

けたたましい警報を耳にするや否や、航空自衛隊一等空尉須永春斗は、文字どおり弾かれるようにして駆けだした。

　アラート──対領空侵犯措置任務である。

　偶発的なものも含めて、危機はいつ降りかかってくるかもわからない。

　日本の空を守るべく、航空自衛隊は三六五日二四時間、未然防止態勢を敷いているのである。

　待機所の扉をすり抜けるようにして外に飛びだし、一目散にエプロンへ走る。アラート待機に入っていたため、耐Gスーツはあらかじめ着こんでいる。

　ここ最近、アラート任務があまりに頻繁になってきているため、機体はあらかじめハンガー──格納庫から出し、一時駐機場たるエプロンに控えさせていた。

　短距離走者顔負けの走力で、須永は機体に取りついた。ラッタルを駆けあがり、シートに身を滑らせる。

　アラートは一にも二にも時間との勝負である。

　こうしているうちにも、国籍不明機は日本の領空に迫っており、コンマ数秒の遅れが致命的な問題を招きかねないとの危機感と緊張感とで、須永ら各パイロットはアラートにあたっているのである。

慌ただしく離陸準備を整えて、タキシングに入る。

須永が所属する第三〇二飛行隊の装備機はロッキード・マーチンF－35AライトニングⅡである。

ステルス機特有の一体感のある機影が、滑走路に現れ、プラット&ホイットニーF－135－PW－一〇〇のエンジン音が甲高く響きはじめる。

単発で必要十分な推力を発揮させるため、ロッキード・マーチンF－22ラプターのF－119－PW－一〇〇エンジンをパワーアップさせたエンジンである。

（行ってくる）

愛する妻と娘の写真を一瞥して、サイド・スティック式の操縦桿を握りしめる。

きっちりと任務をこなして無事に帰るぞという、誓いのルーティン・ワークだった。

「ハルト・スナガ、スクランブル！」

エンジンを猛《たぎ》らせて、全長一五・六メートル、全幅一〇・七メートルの機体を加速させる。

短めの機首と前方に突きだしたエアインテーク先端が大気を貫き、エッジマネージメントされた双垂直尾翼が風を切る。

胴体左右に密着したダイバータレス・エアインテークから取り込まれた空気は、問題なくエンジンへ供給される。

ここで鳥でも迷い込もうものなら、ファン・ブレードの破損や回転不良につながるバード・ストライクと呼ぶ問題が生ずるが、異常はない。すべて順調に進んでいる。

昔の戦闘機と違って、操縦桿の動きが物理的に機体を動かすわけではない。

現代の戦闘機はフライ・バイ・ワイヤと呼ばれる、電気的に変換して各部を動かす仕組みがとられており、Ｆ－35の場合は操縦桿自体はまったく動かずに、パイロットの力のかかり具合が電気信号に変換される。

将来的には、指先から意思をひろったり、頭から脳波を読みとったりして、機体を動かすなどという技術も開発されていくに違いない。

機首を上向けたと思った次の瞬間には、地面が視界の外に去っていた。

いい意味でも悪い意味でも、予想どおりだった。

「ターゲット、インサイト（目標視認）」

太平洋上の目標空域には、ロシア空軍のＴｕ－95爆撃機二機が浮かんでいた。


三五度から三七度のきつい角度を持つ後退翼に、四発の二重反転プロペラ、機首に突きだした「トアド・ストール」気象レーダー。アラートに就く者からすれば「見慣れた」機ですらあったが、今回は勝手が違った。

「あれは……Ｈ６？」

Ｔｕ－95からやや離れた空域に並走する二機が見えたが、Ｔｕ－95とは異なる。

後退翼を持つ大型機だが、プロペラがなく、エンジンが二基の双発機である。全体的に古めかしい印象を与える機は、中国空軍のＨ－６爆撃機である。なにより赤い星の左右に帯のある識別表示が、ロシア機のものと異なる。

警告射撃の必要はなかった。

単機で向かってくる場合は、空自の対処能力を確認するために、あえて日本の領空に向かって近づいてくることが多いが、今回は領空侵犯にならない限界ラインに沿って、悠々と飛行している。

中露の爆撃機が日本の領空すれすれを「編隊飛行」で南下している。

けっして初めてのことではないものの、このタイミングでの出現は不気味だった。

（挑発と威嚇の意味なのだろうが）

中国との関係が怪しくなっているなかで、ロシア軍が敵対行動を強めてくれば、空自も二正面作戦を強いられる。

台湾を標的としたときに、日米がともに立ちはだかるならば、敵は中国に限らずロシアもいるということを忘れるな、との警告にほかならなかった。

（本気で来るのか？　ロシアも）

中露の編隊飛行は北方で引きかえして終わるのではなく、宮古海峡上空を西進して日本海を北上するという、日本一周ルートを辿った。

ほぼ同時に海上では、中露の艦隊が日本海で合流して津軽海峡を抜けて太平洋へ、南下して宮古海峡経由で東シナ海へと、これも日本を取りかこむ格好で航行した。

一〇〇パーセント示威行動とみて間違いなかった。

その気になれば、自分たちはいつでも日本を攻撃できる。敵対的な行動をとるならば、その何倍もの代償を払わせる。取りかえしのつかないことにならないよう、おとなしくしていることだ。

そういった警告だった。

東アジアは揺れていた。

日本政府は中露政府に対して、国家の主権と地域の平和を脅かす挑発的な行動は厳に慎むようにと厳重に申しいれたが、ロシアは「国際法からしても問題ない範囲での、通常の軍事訓練にすぎない」と軽くいなし、中国は「我が国の正面に軍事力を傾注させようとする日本への防御的行動の表れ」と正当化したうえで、「日本の方こそ、我が国への過度な警戒や危機を煽るべきではない」と反論した。

日米豪印クアッドによるアジアの平和と安定への共同宣言、ＡＳＥＡＮ諸国による安全保障を含めた地域の安定と協同発展宣言の採択、といった覇権主義を強める中国を強く意識した動きもあったものの、それで中国が自重する気配はまるでなかった。

自ら「死活的利益」と言う台湾統一へ向けて、中国は強硬手段である軍事的な併合もやむなしとの結論に至りつつあった。

戦争の炎はいよいよ轟《ごう》と噴きださんばかりに、滞留していたのだった。

第三章　台湾包囲

二〇二八年二月五日　東シナ海

四年に一度の台湾総統選挙は、台湾の行く末を決める、極めて重要な選挙であることは言うまでもない。

そこで忘れてはならないのが、その重要性は台湾に住む人のみならず、大陸中国にもあてはまるということである。

総統選挙の結果いかんで、大陸と台湾との関係性は大きく変わる。

そのため、二〇二四年の総統選挙については、中国による介入がほぼ確実視されていた。

しかし、中国は動かなかった。

予期せぬウクライナ戦争の勃発によって、世界はすでに不安定化しており、当の中国も少なからず影響を受けて、先が見とおせなくなっていたためだった。

その四年後の二〇二八年は、中国にとっては大きな転機としなければならない、けっして静観できない年だった。

ひとつの中国を叫びながらも、台湾が独自に活動を続けて、もう八〇年になろうとしている。

もう「独立」が既成事実となるのも時間の問題であるし、急激な経済成長にも陰りが見えてきている中国にとっては、問題の先送りは可能性を後退させるとみるべきだ。

さらに第一の障害となるであろう日米は、ウクライナ戦争によって相応の打撃を被って弱っている。ここで動かねば、台湾統一は永久に遠のく。少子化をはじめとして、噴出しかけている国内問題解決の特効薬となるかもしれない。

中国指導部の目には、今が最大のチャンスと映っていたのだった。

台湾は二大政党が政権交代を繰りかえしてきた。元々は独立志向の民進党と対中融和で中国大陸との統一を志向する国民党である。しかしながら、完全民主化の証としての直接選挙による総統選挙が始まってから三〇年以上が経過し、単純に親米反中、またはその逆とはもはやいかず、両党とも実際には現状維持の中間派の色合いが濃くなってきている。

台湾の世論は「統一か否か」という論点になれば、圧倒的に否である。独立派は、親米・反中の立場を採る。統一派は、親中の立場でアメリカとは距離を置く。現状維持派は、独立派とは一線を画すが、アメリカの支援を歓迎し、中国の統一を警戒する点では同じ立場にある。しかしながら、二〇二二年末ごろから広まった疑米論が台湾世論を次第に揺さぶるようになった。

「アメリカの言いなりになっていると、中国を抑え込む駒として利用されるだけ。台湾は戦争に巻き込まれ、見捨てられて終わる」

それを声高に主張しはじめたのが、第二野党の台湾民衆党だった。台北市長を務めた柯文哲《コーウエンチョー》は中国との対話と忘れかけていた統一こそが台湾の永続的存在の道であると説き、急速に支持を拡大した。この裏に中共の工作があったことは言うまでもない。過激なまでの柯の変節も、実は本人ではないのではないか？　との説まで流れたくらいだ。

　二〇二八年の総統選挙は混迷を極め、僅差で民進党候補が勝利したと報じられるも不正選挙や選挙妨害があったと抗議行動が多発し、一部は暴徒が治安部隊と激突するまでの社会不安が台湾全体を覆った。

　香港の事例から一国二制度など夢想だとして独立志向が強い若年層と、安定を望む中高年層との世代間対立も深刻だった。

　そこにつけ入ろうとしたのが中国である。

　中国政府は不安定化する台湾情勢を鎮めるためとの名目で軍事介入を宣言、軍を台湾周辺に展開させた。同時に台湾と他地域を結ぶ海底ケーブルが中国大陸とのものを除いて切断され、衛星通信の妨害もあって、台湾との通信は著しく困難なものとなり、台湾の情報孤立が顕著になっていったのだった。

　中国海軍中佐朱一凡《チユイーファン》は薄い唇を震わせていた。中国で小さな目は不格好とされるが、その小さく攻撃的な目つきは鋭さを増し、不気味な光をたたえている。その下で、低い鼻が軽く息を吐きだし、冷笑が顔を微動させているのだ。

　朱は好戦的な反米反日主義者だった。

　覇権主義の国家方針に共感し、台湾統一こそが中華民族繁栄の源であって、死活的利益と信じている。

　それを実現させようという機運が高まってきていることに、朱はこのうえない高揚感を覚えていた。

　朱は商級攻撃型原子力潜水艦の八番艦『長征16』の艦長として東シナ海を北上し、日本の勢力圏内に踏み込んでいた。

商級潜水艦は中国海軍第二世代の攻撃型原潜である。前級の漢級潜水艦が放射能漏れや騒音の発生に悩まされた教訓から、ロシアの技術援助を受けてヴィクターⅢ型をベースに開発された。

渤海《ボーハイ》造船所で建造され、全長一〇六メートル、全幅一一・五メートル、水中排水量六〇〇〇トンの葉巻型艦体で、アメリカ海軍のヴァージニア級攻撃型原潜と比較すればふた回りほど小さい。

潜舵が司令塔前方に取りつけられている点がヴィクターⅢ型と決定的に異なる外見である。

兵装は魚雷のほか射程五〇〇キロメートルを超えるＹｊ－82ＵＳＭ（Ｕｎｄｅｒｗａｔｅｒ　ｔｏ　Ｓｕｒｆａｃｅ　Ｍｉｓｓｉｌｅ　水中発射対艦ミサイル）を搭載し、長距離対地対艦攻撃能力を持つことで、日米に脅威を与えている。


すでにソナーは大型艦らしきスクリュー音を捉えていた。

潜望鏡をわずかに突きだして確認する。

「極上だねえ」

朱は舌なめずりした。

全通甲板とステルス性を意識したシャープな艦橋構造物が右舷に寄せられているのが見える。

煙突や各種レーダーなどと一体化した艦橋構造物は前後に長く、艦の四分の一から三分の一程度があるようだ。

全通甲板が長方形ということから、それはいずも型空母と判別できる。

日本の海上自衛隊が持つ最大の艦である。

「絶好のチャンスなのだがな」

朱の言葉に、部下たちが一様に笑みを見せた。

爆笑したいところだが、声は出さない。

海中で息をひそめる潜水艦にとっては、静粛性は最重要項目のひとつであり、水中では想像以上に音が伝播する。

些細な音も不用意に発生させるのは厳禁だ。それを皆が心得ていた。とはいえ、笑いたくなる状況だった。

「長征16」は、いずも型空母の至近距離まで近づいていた。

いざ朱が「魚雷発射」と命じれば、必中となるような距離だ。

戦時ならば、これ以上ない千載一遇のチャンスだろうが、まだあれは「敵」ではない。

「惜しいな。実に惜しい」

攻撃を命じたい誘惑にかられながらも、朱は自重した。ここで、独断で暴挙に出れば、さすがに軍も国も自分をかばってはくれないだろう。

そうなれば、最低でもこの任を解かれ、軍を追われてしまう。

近いうちに現実となるであろう日米との対決に、自分は参加できなくなってしまう。楽しみはそれまでとっておこうと、朱は自制したのだった。

「正しい判断です。危険を冒してまで動くときではありません」

副長孫富陽《ソンフーヤン》少佐が朱を支持した。

攻撃的な朱に対して、孫は感情に流されない。敵に対しても味方に対しても偏らない、正確な分析と判断ができ、良し悪しに関わらず常に現実を見る目を持っている。

「テロリストのレッテルを貼られても、なにもいいことはありません。軍や国も助けてはくれないでしょう。喜ぶのは無責任なネット環境に隠れている反日主義者どもだけですよ。それに……」

「わかっているよ」

もっとも、向こうもまったくの無警戒でいるわけではない。対潜哨戒と思われるヘリコプターが、順次発艦している。

「お前たちがいるのはわかっているぞ」というサインだろうが、そんな脅しは通じないと、朱は嘲笑した。

実は『長征16』には囮があった。

潜水艦は単独行動が基本であるが、あえて『長征16』は宋級通常動力型潜水艦を一隻伴って、それをダミーとして発見させていたのだ。

向こうはそちらに気をとられているようだ。

対潜ヘリが『長征16』に向かってくる気配はない。

この戦術は「本番」でも通用しそうだと、良いイメージ・トレーニングになったと、朱は満足げにうなずいた。

DDH（Helicopter Destroyer ヘリコプター搭載護衛艦）『いずも』の航海艦橋では、近寄りがたい風貌の男が睨みをきかせていた。

悪い意味ではない。外見に関してはそのままの意味だが、艦内に対しては信頼と安心を与えるものだった。

右端の席は艦長、そしてシート・カバーの色は赤、一等海佐を意味するものである。

容姿も経歴も異色ずくめの艦長大門慎之介《だいもんしんのすけ》一等海佐だった。

大門は一般大学の卒業で、両親、家系とも防衛には無関係、海のない山梨県出身という、およそ海自とは無縁の経歴だった。

早稲田大学卒という噂だが、バンカラの雰囲気はないし、慶応へのライバル意識などは微塵も見せたことはない。

ただ、本人は一度も口にしたことがないのだが、角刈り、レイバンのナス型サングラスは某刑事ドラマの主人公そっくりの格好であり、部下たちは苗字が同じことも偶然ではないと解釈している。おそらく本人も当然意識して、その格好でいるのだと。

もちろん、副長をはじめ、誰一人としてそれを確認した者は……いない。

名の一文字めの「慎」とは「心+真（偽らない）＝誠意を尽くすこと」という意味である。

信頼と誠実を感じる字であると同時に「注意深くする」という意味もあり、いつも真剣で集中力のある人をイメージしている。


それが高じての船乗りか。

大門にはこうした独特の魅力があり、黙って部下がついてくるというタイプの男だった。

その傍らには大門とはまったく違った、この場には似つかわしくないほどの美女自衛官が、凛《りん》とした表情を見せていた。

艦艇乗り組みのため、常装冬服ではなく灰色の迷彩服に身を包んでいたが、束ねられたダーク・ブラウンの髪と長いまつ毛は女性的な美しさを否応なしに振りまいていた。

もちろん、メイクもばっちりきいている。それで迷彩服なのだ。異様な魅力としか言いようがない。

航空自衛隊第五航空団飛行群司令与謝野萌一等空佐である。

与謝野が率いる第五〇一飛行隊と第五〇二飛行隊はＤＤＨ『いずも』『かが』を母艦として、洋上防衛訓練に励んでいた。

「艦長。別命あるまで待機ということですが、我々も対潜訓練を積むという想定で出てはいかがですか。ただ待っていても仕方がない」

「！」

与謝野の申し出に、その場にいた大門以外の誰もが振りむいた。

少なくとも見かけでは、大門に圧倒される。大門への意見具申は、普通は躊躇するものだが、与謝野はおかまいなしにずけずけと言った。

しかも、与謝野は女性だ。男でさえ……となるのも当然だった。

ハラスメントや不祥事になってはまずいので誰も口にはできないが、男性自衛官ならばその容姿に大半が魅惑されていたのが実状である。そこに加えて、怯《ひる》まず堂々とした与謝野の物言いは、驚きを超えて羨望ものだった。

（さすが与謝野一佐）

若手の男どもなどは、潤んだ瞳を輝かせさえしていた。

ただ、大門もさすがだった。

独身の男だからと、「それは良い考えですね」などと相槌を打ってご機嫌をとろうとしたりはしない。冷静に、そして淡々と返す。

「たしかに状況設定は変わりましたが、想定外というわけではありません。艦載機の発艦を中止して、対潜戦闘想定に切りかえる。

緊急事態への対応訓練と考えると、いい機会です」

さらに、大門は補足した。

「ですが実戦になっても、まさかステルス機で対潜攻撃とはならんでしょう。よほどの緊急事態でない限り。それに」

そこで、大門はいったん言葉を切った。ここが重要と語気を強める。

「今、ここで手の内を見せることもないでしょう」

「たしかに」

与謝野も大門の主張が正しいと認めざるをえなかった。

自分の隊が訓練中止とは遺憾なことだったが、手の内を見せる必要がないというのはもっともな話だ。

些細なことでも、敵に情報を与えないで済むにこしたことはない。

（まったく）

与謝野は胸中でため息を吐いた。

こうなることは予想できていた。いや、中央の本音はむしろ実戦を想定して、緊急事態をあえて演出させたということかもしれない。

こんな目立つ艦を、あえてホットな沖縄近海に放り込めば、こうなることはわかりきったことである。

わかっていて、あえてそうさせた。

そう考えるほうがむしろ自然だと、与謝野は解釈した。

艦隊は沖縄本島南西の東シナ海を訓練海域として設定されてきた。

発着艦の訓練にせよ、制空や対艦攻撃の訓練にせよ、わざわざホットな海域でやる必要はなく、三陸沖でも房総沖でも事足りる。

それをあえて沖縄まで南下させたのは、中国海空軍の出方を見るのと、いざ出てきた場合の対処訓練を兼ねての狙いであることは明らかだ。

自分たちはその餌として使われた……まあいい。

与謝野の隊が訓練飛行に出ようとしたところで、艦隊前方に中国海軍のものと思われる潜水艦が現れた。

第五航空群の発艦は中止され、SH－60K哨戒ヘリコプターが代わりに飛びたち、警戒監視にあたっている。

そこで、別ルートから大門をつつく声があった。これはこれで厄介なものだった。

「艦長。『みょうこう』の網内《あみうち》艦長からです」

「つないでくれ」

サングラスの裏にある大門の目がどうなっているのかは窺いしれなかったが、相手は一筋縄ではいかない男だった。

大門と同い年で防衛大学卒のエリートを自称する網内勇征《ゆうと》一等海佐である。

希望していたDDHの艦長か中央勤務が叶わずに、大門を一方的にねたんでいる。噂だが真実だった。

「俺の方が優秀でふさわしい。なぜだ。DDG、しかも旧式のこんごう型だと？　上はなにを見ているのだ！」というのが、辞令がおりたときの網内の正直な気持ちだった。

自分中心で人望がないのが欠点。上官の娘と政略結婚したつもりだが、こうした性格なので夫婦仲は良いとはいえず、子供がいない。

これも事実だ。

「おう、大門」

手前の小型モニターに、気難しそうな網内の顔が映った。

常に眉間を狭めて難しい顔をしているが、相変わらずだった。吊り目が口調をさらに攻撃的に感じさせてくる。

「敵潜がいるのだろう？　こっちで対処してやろうか？」

「間にあっている」

「なにが『間にあっている』だ。ヘリを飛ばしたくらいだろう？　だから、舐められるんだよ。一度弱みを見せたら、敵はそこをどんどん衝いてくるぞ」

「挑発にのるな。逆に挑発もするな。それが上の命令だ」

「そんなことはわかっているよ。だがな、敵が妙な真似を起こさないよう、ここでどかんと思いしらせてやるんだよ」

「…………」

網内は超積極策を提案した。

「対潜ロケットを放って敵潜を撃沈する、とは言わん。主砲を使って、海面を叩いてやるくらいならば、いいのではないか？

そこで、こそこそと嗅ぎまわっている貴様の存在など、とうに知れている。沈められたくなければ立ち去れ、という警告にはなるだろう？」

網内は嫌味な笑みを見せた。

「仮になんらかの危害が及んだにしても、敵はなにも言えんよ。ひそかにこちらの行動を探っていた、監視していた、などと言えんし、そこで反撃されたなどとなれば、面子にかかわる。

俺らも、まさかすぐそばに潜水艦がいたとは思わなかったと、とぼければいい。さらに」

網内は民族学的に重要なことを口にした。

「中国人、正確にいえば漢人というのは、体面重視だ。だから、相手を値踏みする。自分と同等以上の者だと見れば、それだけの敬意と配慮をもって接するが、自分以下だと、弱みがあると見れば、容赦しない。そういう民族なんだ。

中国史を見ればわかることだ。歴史が証明している」

網内の言うことも、この点では正しかった。

だが、感情で行動してはならない。

特に、このナーバスな状況では、軽挙妄動は厳に慎まねばならない。

現場指揮官の裁量で国際問題を誘発することなど許されない。

ここで焚きつけるなど、一〇〇年前の満州事変の再来ともなりかねないのだ。

「申し出には感謝する」

大門は強い口調で返答した。これ以上はもう議論するつもりはない。その意思表示だった。

「引きあげるぞ」

大門はおもむろに顎をしゃくった。


「お、おい。引きあげるって……」

引きつった表情の網内をよそに、大門は通信を切った。

「艦長。引きあげるって……」

戸惑うのは与謝野も同じだった。

向きなおった大門が平然と口にする。

「引きあげる。そのままのことですよ」

「ちょ、ちょっと待ってください。そ、そんな権限は（ないでしょう）。これは海自と空自の合同訓練で」

「許可はこれからとります。ただ、不測の事態となった場合に、自分には艦の保全に努める義務があります。その責任の範疇から逸脱するものではないと考えます」

「…………」

絶句する与謝野に、大門は淡々と続けた。悪びれる様子はない。笑みもない。いたって無表情、冷静そのものだった。

「敵にも血気盛んな者がいれば、予測不能な事態にエスカレートするやもしれません。ここはあえてリスキーな行動は避けるべきでしょう。それに……」

大門は繰りかえした。

「今、ここで手の内を見せる必要はない。対潜戦闘や制空戦闘の訓練は、もっと北の海域でもできます。中国海軍が即応体制にある。それを実地で確認できた。

だから、引きあげる。そう報告します。

このタイミングで、あえて我々をこの海域まで出すのは、普通では考えられないことです。上も探りを入れた。そう考えるのが自然だと、自分は思います」

(たいした自信だな。いや、意思の強さか)

振りかえる大門の横顔に、与謝野は無言のつぶやきをぶつけた。

大門は具申ではなく報告と言った。すなわち、上にお伺いを立てるのではなく、こうしましたという事後通告にすぎない。

大門は事の始末を独断でつけた。

ただ、それは言いかえると、責任を一人で背負ったということにもなる。

誰でもできることではない。気弱な者ならば、自発的には行動できず、上の指示を仰ぐだけだったろう。

当然、動きは遅く、鈍くなる。緊急時であれば、その遅れが致命的な失態をも招きかねない。

(聞きしに勝るというのは、このことだな)

良くも悪くも曲者《くせもの》との印象だった。

自分もしっかりしていないと呑み込まれる。

与謝野は感嘆と警戒、自覚が混ざった息を吐いた。

空自と海自を代表して、癖の強い者がぶつかり合う。

その相乗効果がいかほどのものになるのか。

風向きは変わり、東シナ海の波が次第に高まりつつあった。

二〇二八年二月七日　東京・首相官邸

日本国首相浦部甚弥は、激しい苛立ちにさいなまれていた。

国の安全をはかろうと考えれば考えるほど、袋小路に陥る気がした。

中国が軍事行動に出る。予想されたことだが、事態の急転と悪化に、躊躇するのを隠せなかった。

「首相」

「首相！」

「首相」

難題がすべて自分ひとりに降りかかってくる気さえした。

「いよいよ危ない。中国軍はもう沖縄に来ているというじゃないか！　確認したのだろう！」

官房長官半田恒造が、金切り声で叫ぶ。

戦争が迫っている。

もう肌で感じるレベルだった。

「首相。もう、やるしかありませんよ。首相！」

「ん？　あ、ああ」

半田の呼びかけに、浦部は我に返ったように答えた。頭を強く振って、深呼吸する。

（疲れているな。無理もないが、やってもらわねば困る）

防衛大臣美濃部敦彦が事態のおさらいをした。

美濃部は政治家ではあるが、防大卒の専門家でもある。状況想定、兵力分析など、やるべきことはやってきたとの自負があった。いや、足りないことを挙げればきりがないが、そう考えねば潰れてしまうと、自己暗示をかけてでも信じるようにしていた。

「首相。準備してきたことをするまでです。ここで慌てても、仕方ありません」

「…………」

「腹をくくりましょう。首相！」

「そのとおりだな」

ただ勢い込んだだけの半田の言葉ではあったが、浦部はそのひと言で開きなおった。

国のトップが右往左往していては、国民も不安がる。国も倒れかねない。自分は逃げられない身だ。これが終われば、なんと言われようが、煮ても焼いても好きにすればいい。

評価は後世の者がすることだ。

「状況を整理しようか」

浦部は深呼吸を二度繰りかえした。自分に無理を強いていた。それは隠せなかったが、浦部も腹をくくりつつあった。そうするしかなかった。

「最新情報を頼む。自衛隊が摑んでいる情報、国内、そして中国国内の状況、アメリカやインド、オーストラリアとも意見交換が必要だな」

浦部はあらためてヒアリングを行《おこな》った。

秘書官、防衛政務官、外務官僚などから、説明を受けつづけたが、納得がいくかどうかとなると、浦部自身もまだ踏んぎりがつかなかった。

「この期に及んでも、台湾に肩入れするな、アメリカの戦争に巻き込まれるな、などの声があるのは残念なことだな。日本は当事者だろうに」

　浦部は戸惑いながらも、事態を正しく認識していた。

「沖縄は必ず戦場になる。下手をすれば、本州の港湾や空港も狙われるかもしれない。台湾有事は日本有事であることが理解できない国民がまだ多いとは。丁寧な説明が必要だな」

　浦部は国会で、次のように演説した。

　日本は国際紛争の解決手段として、なによりも外交解決を優先する。それは台湾をめぐる問題でも変わりはない。

　だが、不幸にもその試みがうまくいかなかった場合、すなわち台湾周辺で武力衝突が発生した場合、日本は傍観者ではいられない。

　日本の領域にも直接的な戦火がおよぶ可能性があるし、幸いにもそれがなかったにしても、経済上の観点から、日本は多大な影響を受けることが避けられない。

　日本は当事国であって、日本国民全員が当事者であるのだと。

　しかし、焦れば焦るほど、対策や指示は空回りしていった。

　日本政府は民間人を中国、台湾から脱出させようとするも、民間人の反応は鈍く、外務省の拙速なやり方からも、それは遅々として進まなかった。

　もちろん、中国では当局による妨害ともとられかねない動きもあり、外交ルートで厳重な抗議をするも、もはや準戦時下にある中国には、まともな返答など望むべくもなかった。

「米中戦争に巻き込まれるな！」と、国会議事堂前には一万人規模の群衆が詰めより、連日シュプレヒコールを繰りかえした。

それは地方にも広がり、日本国内ではデモが多発した。

そこには中国人扇動者の影がちらついていたが、日本の警察の力では、その尻尾を摑むのは容易ではなかった。

中国の工作によって、日本社会は分断と混乱の渦に飲み込まれていった。

中国軍は軍事演習を始め、弾道ミサイルが日本のEEZ（Exclusive Economic Zone　排他的経済水域）内に着弾した。国際法上は問題ないことではあったが、手出しするなという脅しであることは明白だった。

中国軍は海上演習を前提に、台湾海峡やバシー海峡を含む一帯に臨時警戒区の設定を全世界に向けて通告した。安全の保障はできないと、事実上の航行禁止宣言だった。

シー・レーンは途絶し、輸入は途絶え、物価は急騰した。

日本経済は途端に麻痺し、社会不安は煽られていく一方だった。

二〇二八年二月九日　東京湾口

従来の護衛艦とは一線を画した未来的な艦容だった。

塗装がいわゆる軍艦色でなく、明るい白色だったりしたら、富裕層が所有する高級クルーザーにでも見えたことだろう。

艦体側面は前甲板から艦尾まで、大胆に斜めにスライスされ、そのまま上構と同一面を形成している。

マストはさらに特徴的だ。

正四角錐の上部を切って、そこに「ユニコーン」と呼ばれる棒状の複合空中線――NOR－50を載せている。

NOR－50内にはTACAN（Tactical Air Navigation 戦術航法装置）、電波探知妨害装置、洋上無線ルーター、データリンク装置等々が内蔵されている。

各種装備の革新と簡易化によって、スマートというより奇抜な外観を呈する艦が世界的に増えているとはいえ、このマストは突きぬけて未来的なものだった。

それらは、すべて徹底的にステルス性を追求したゆえのことだった。

外見だけではない。この艦は内部も画期的なまでの自動化やシステム化が進められている。

これらは日本の社会構造の悪化――少子高齢化の進展対策、すなわち省人化を目的としてのことであり、艦内は整然として人が少ない。

全長一三三メートル、全幅一六・三メートル、基準排水量三九〇〇トンという艦の大きさは、あさぎり型護衛艦と大差ないが、人員は二二〇対九〇と半分以下で運用できているのである。

操艦と監視にあたっては、三名運用という驚くほどのスリム化ぶりだ。

空母やイージス艦のように目立つ艦ではないものの、将来にわたって海上自衛隊の屋台骨を支えていく艦として建造が始められた、もがみ型FFM（Frigate Mine Multiple 多用途フリゲート）である。

その一番艦『もがみ』を預かる艦長権藤良治二等海佐は艦長席にどっかりと腰を下ろして状況を確認していた。

『もがみ』は対機雷戦訓練に入っていた。

これも、もがみ型ＦＦＭならではのことだった。

これまで海自が保有してきた護衛艦は、攻勢的にも防御的にも、機雷に関する装備はなかった。

これを、もがみ型ＦＦＭはこなす。

対空、対艦、対地、対潜、そして機雷戦と、まさになんでもこなすのが、もがみ型ＦＦＭであり、それが「Ｍｉｎｅ　Ｍｕｌｔｉｐｌｅ」の意味合いなのだった。

それゆえ、もがみ型ＦＦＭは護衛艦隊ではなく、掃海隊群に割りあてられている。

なにからなにまで異例の新世代艦なのである。

対機雷戦訓練も、一風変わったものだった。

昔ならば声を張りあげ、身体を動かし、艦長が先頭に立って……などというのもあたり前の光景だったが、今は違う。

なにせ、索敵や目標確認はＵＡＶ（Ｕｎｍａｎｎｅｄ　Ａｅｒｉａｌ　Ｖｅｈｉｃｌｅ　無人航空機）の仕事であるし、機雷を除去する掃海ですら、ＵＳＶ（Ｕｎｍａｎｎｅｄ　Ｓｕｒｆａｃｅ　Ｖｅｈｉｃｌｅ　無人水上艇）とＵＵＶ（Ｕｎｍａｎｎｅｄ　Ｕｎｄｅｒｗａｔｅｒ　Ｖｅｈｉｃｌｅ　無人潜水機）の出番となっているのである。

小太りで角張った大きな顔を持つ昭和風の権藤も、時代に合わせてモニターに見入ったり、タッチパネルに触れたりしている。

ただ、『もがみ』は他艦から「権藤組」と呼ばれるほど、権藤を筆頭にまとまっていた。

親分肌の権藤は人望があり、部下に慕われていた。

権藤をはじめ、誰もが真剣みを増した表情で事にあたっていた。

（これが必要な日が必ず来る）

もはや中国を対象とした有事は、架空や仮定の話ではなく、近い将来に現実のものとなるとの認識で権藤らはいた。

もはや、それは時間の問題でしかないのだと。

そして、いざそれが勃発した場合、中国海軍は機雷戦を仕掛けてくることはほぼ間違いない。

海自の活動を妨害するためと、日本の海運を麻痺させるために、日本の港湾や海峡には大量の機雷がばら撒かれる。

それを速やかに除かねばならない。

それこそ、もがみ型ＦＦＭの出番である。

もがみ型ＦＦＭは八年前から相次いで竣工しているが、不幸中の幸いというところか、有事への対応には間に合いそうだ。

機雷は大きく分けて三種が存在する。

一般的な係維機雷、音響機雷、磁気機雷である。

基本的には海中に潜むそれらを、浮かせて銃撃するか、海中で爆雷処分するか、どちらかになる。

機雷は総じて威力が大きく、掃海は地味な反面、危険な作業だったが、今は少々事情が異なる。

部下が手にしているのは掃海索の巻き取り装置や機銃の銃身ではない。

「目標発見、近づきます」

リスク低減と、これも省人化のため、小型の掃海艇を下ろして、直接掃海索を曳かせたり、ましてや母艦そのもので機雷を処分したりする時代ではない。

部下が操作しているのは、ＵＳＶのコントローラーだった。

さらに海中では、ＵＵＶが機雷を探索している。

ＵＳＶはＵＵＶからの情報を一度拾って、母艦へ伝える中継点としての役割をこなす。

人を必要としない。生身の人間を危険に晒さない。母艦もなるべく危険領域に入らないようにする。

現代の対機雷戦とは、こういうものだった。

「ＥＭＤ（Ｅｘｐｅｎｄａｂｌｅ　Ｍｉｎｅ　Ｄｉｓｐｏｓａｌ　Ｓｙｓｔｅｍ　自走式機雷処分用弾薬）作動させます」

「よし！」

ＵＳＶから魚雷にも似た自走式のＥＭＤが水中に投入された。光ファイバーをとおした有線遠隔操作で、目標の機雷に誘導して火薬を起爆させる。

「処分完了！」

機雷の爆破処分も、遠隔操作で実施する。次、またその次……あとはどれだけ手早く済ませて数をこなせるかだった。

精度の次は能率の追求である。

その間にも、ソナーマンは不審な形跡がないかどうか、神経をとがらせる。

『もがみ』は『もがみ』で、艦尾からアクティブ・ソナーとしての機能を付加した可変深度ソナー（バイ／マルチタスティックＶＤＳ／ＴＡＳＳ）を曳航している。

機雷の処理に夢中になっているうちに、敵潜水艦がそこを衝いてくるというのは、考えられる話だ。

敵にしてみればセオリーどおりと言っていい。

常に全方向、全周囲に気を配る必要がある。

それを、ＯＱＱ－25水上艦用ソナーシステムとして機能させ、僚艦との協同、多機能戦術で対抗する。

『もがみ』はこうした盾も矛も与えられている艦なのである。

そして、任務も多用で複雑になるというのも、現代戦の特徴であった。

「対地攻撃に移行する。配置に就け」

対機雷戦はここまで。今度は敵陸上施設を想定した攻撃訓練に入る。

用いるのは前甲板に据えたＭｋ45ｍｏｄ4六二口径五インチ単装砲である。

砲塔形状はステルス性を意識した角張ったものである。

対機雷戦から対潜警戒、そして対地攻撃と、「Ｍｉｎｅ Ｍｕｌｔｉｐｌｅ」の名に恥じない多才能ぶりを『もがみ』は発揮する。

「主砲、射撃用意！」

「目標座標確認」

軽量化されたアルミニウム合金製の完全無人化砲塔が旋回する。

Ｍｋ45ｍｏｄ4五インチ砲は、砲塔とは別に設けられた管制室に砲台長とコントロールパネル操作員、下部給弾室に給弾員四名の合計六名で運用される。

第二次大戦時と比べれば、同じ火砲とはいっても、まったく別物といえるまでに進化している。旋回、俯仰、発射速度、射程とも、当時のものとは比較にならない。

長砲身六二口径、全長一〇メートルあまりの砲身が速やかに旋回、俯仰し、狙いを定める。

「照準よし。射撃準備完了」

「撃《て》え！」

ここだけは変わらない。

権藤は野太い声で射撃開始の号令を発した。

直径一二・七センチの砲口から、三〇キログラム強の砲弾が最大三万七〇〇〇メートルの彼方へ送り込まれる。

毎分二〇発の発射速度は、ライバル国の砲と比べて抜群に優れたものではないが、省人化や安定性、耐久性らを意識してバランスをとったものである。

「命中」

「一番目標撃破、次いで二番」

この日、『もがみ』は所定の計画をつつがなく消化した。

ただ、この後に母港に戻る予定はない。

権藤は家を出るときに、次はいつ帰れるかわからないと、妻と子に告げてきた。

台湾有事の可能性、東シナ海の緊張の高まりを受けて、陸海空三自衛隊は南西シフトをさらに強めた。

『もがみ』もその一環として、「想定戦場」に近い佐世保へと向かったのだった。

二〇二八年二月一一日　東京

首相官邸、国会議事堂周辺とも騒然としていた。

多くのマスコミとともにデモ隊、支持者……群衆がひしめいていた。

各地の在日米軍基地も動きが慌ただしくなっている。

横須賀には大小多数の艦艇が入港し、三沢や横田、厚木、岩国、嘉手納といった航空基地にも、アメリカ本土などから続々と増援の航空機が飛来していた。

人工衛星からの観察によって、中国軍が内陸から台湾海峡方面へ大規模な部隊移動を行っていることが明らかとなったのである。

通信の分析からも、それが裏づけられているし、中国内の協力者からの情報によると、鉄道には軍人の姿が目立ち、沿岸部へ向かう高速道路や幹線道路は軍用車でごった返しているという。

中国軍の武力行使、台湾侵攻がいよいよ実行されようとしている兆候にほかならなかった。

台湾海峡危機はもはや現実である。

台湾軍はデフコンを1にあげ、臨戦態勢に入った。陸海空軍とも中国軍の上陸を阻止すべく、西を睨んで続々と戦力を移行させたのだった。

こうした状況を受けて、アメリカは「誤った決断と暴挙は悲劇的な状況を招く」と中国に警告した。また、力による現状変更は断じて容認できないと、従来からの一貫した主張を繰りかえしたうえで、中国軍が武力行使に出るならば、それを阻止するために、アメリカはあらゆる手段を講じる。軍の出動も例外ではない。と、踏み込んだ発言で中国政府に自制を求めた。

しかし、中国政府の姿勢はいつも以上に頑なだった。

台湾に関する問題は、あくまで我が国の内政問題であって、外国からとやかく言われるものではない。

我々は外国のいかなる干渉にも屈しない。

アメリカとその属国たる国々こそ、挑発と悪意ある介入を今すぐやめるべきだ。

そう中国政府は逆に自分たちの言動と行動を正当化して、アメリカと暗に日本らを非難した。

もはや、外交による解決の望みは絶たれたに等しかった。

直接対話は不可能とみた日米政府は、国連に最後の望みを託した。

だが、安全保障理事会は中国が拒否権を発動して機能停止に陥り、国連総会での非難決議も中国の息がかかった国々の棄権や反対で成立に至らなかった。

日米の国連工作は不発に終わったのである。

そして、日本の国会も荒れたままだった。

「首相、内閣や政府の独断専行は絶対に許されませんよ。わかっていますか？」

「自衛隊の防衛出動には国会の承認が必要。首相、それをお忘れなく」

しつこく釘をさす野党に対して、首相浦部甚弥や防衛大臣美濃部敦彦は釈明と理解を求める日々に追われていたのだった。

二〇二八年二月一一日　蕪湖市

口を尖らせた女が、男に向かって立てつづけに怒りをぶつけていた。

「どうしてくれるのよ！　商売あがったりじゃない」

「そう怒るなよ」

「怒るなってほうが無理！　あんたたちが勝手に暴れだすから。人の仕事を奪わないでよ！」

パーマをかけたエアリー・ショートの髪をかき乱して純白の歯を鳴らすのは、劉鶴潤《リウホールン》――日本の女子サッカーWEリーグのマイナビ仙台に所属するプロ選手である。

対する男はその恋人で、中国空軍東部戦区第九戦闘旅団に所属する陳海竜《チンハイロン》大尉である。

台湾海峡危機に反応しているのは、なにもアメリカや日本だけではない。

中国国内も軍の大規模な活動によって、様々な影響を受けはじめていた。

まずは東行きの日本やアメリカを目的地とする航空便は安全が確保できないという理由で、すべて無期限欠航とされている。

中断期間で帰国していた劉は、そのまま職場である日本に戻れなくなってしまったのだ。

自分に落ち度もなく、いきなり仕事を奪われたら、劉が怒るのももっともだった。

ただ、それは陳にぶつけても、どうなるものでもない。

国家間の大きな流れに、二人も翻弄される立場にすぎなかったのである。

ただ、それでも劉にぞっこんの陳は、怒気に怒気をぶつけ返したりはしない。

勝気な劉に対して、強気であたっては、破局へ一直線となってしまうだろうと、陳は理解できていた。劉には頭が上がらない陳だった。

「国内のチームでサッカーは続けられないのかな？」

「駄目。全然、駄目！　日本のサラリーのほうが断然いいに決まっているでしょ！」

「ごめん、ごめん」

「まったく。いつになったら収まるの？　この騒ぎ」

目を吊りあげた劉に、陳は渋面でたじろいだ。劉の気迫に、防戦一方の陳だった。

空戦であれば、チャフやフレアをばら撒きながら、必死に敵ＡＡＭの追跡を逃れるようなものだろう。

「俺らも命令されて動いているだけだから」

正直な陳の言葉だった。

一介の尉官にすぎない陳は、戦略方針に関わる立場にない。ましてや、国家間の問題となれば、軍の範疇にとどまらない政府間のシビアな駆けひきによるものとなる。

「指導部が悪いのね。共産党の馬鹿どもが」

「しっ。声が大きい。逮捕されるぞ」

陳は慌てて人差し指を立てて、唇にあてた。

残念なことに、中国は民主や自由といった意味では、近年むしろ後退している。

旧東側の国家よろしく、独裁と全体主義、監視と統制がはびこる閉鎖社会が形成されているのである。

ここでは、個人の意思は二の次となる。自由行動など、もってのほかだ。一党独裁の共産党や政府批判はご法度であって、それに刃向かおうとする者はたちまち逮捕、投獄されてしまうのである。

「困ったわね」

大きく嘆息する劉に、陳は申し訳ないと思った。

自分の力ではどうすることもできない。

陳も明日からは休暇取り消しの緊急招集となって、しばらくは帰れそうにない。

実際に開戦とは自分もなってほしくはないが、そこまで至らなかったにしても、数日、数週間で方が付く問題ではなさそうだ。

もしかしたら、恋人の顔を見るのも、次は半年後あるいは一年先になってしまうのか。それどころか、実戦となれば永遠に……。

陳は強く頭を振った。置かれた状況の厳しさを、あらためて感じる陳だった。

二〇二八年二月一八日　佐世保

台湾海峡の緊張の高まりを受けて、日本以上にアメリカは積極的に動いていた。

レディッシュ、すなわち赤毛の毛深い体毛が、潮風に揺れていた。

ごつごつと出入りの激しい顔は、海面に反射した陽光で白く光っている。

第一海兵航空団第一二海兵航空群第一二一海兵戦闘攻撃飛行隊（ＶＭＦＡ‐１２１Ｇｒｅｅｎ Ｋｎｉｇｈｔｓ）に所属するジェイソン・テイラー大尉である。

テイラーも陸《おか》を離れて、すでに洋上をゆく母艦の上にいた。

もちろん、テイラーの隊だけではない。

海兵隊の航空基地は西日本の岩国に置かれているが、岩国駐屯の航空隊はすべて母艦に積まれて、厳戒態勢に入ったのである。

それに加えて、ハワイを母港とする母艦と航空隊も、増援として太平洋を横断してきている。

「これが我が国の力だ」

テイラーは飛行甲板に所せましと並ぶ艦載機を見てつぶやいた。

兵装の搭載や航続力に多少の制限があるＢ型とはいえ、世界に誇るステルス戦闘機ロッキード・マーチンＦ－35ライトニングⅡが翼を並べていた。

しかも、この機体も母艦も海軍のものではない。

母艦は斜行甲板やカタパルトを備えた空母でもない。

それよりはるかに小さい強襲揚陸艦である。

その強襲揚陸艦でも、性能はさほど遜色ない状態で運用できるのが、ＪＳＦ（Ｊｏｉｎｔ Ｓｔ

rike Fighter 統合打撃戦闘機）として開発されたF－35の凄みである。

だから、一部の軍事アナリストなどは、建造費、経費、人員とも多大な負担を強いる大型原子力空母など、もはや不要。さらに中途半端な性能でしかないF／A－18スーパーホーネットを運用している空母など存在価値なし。と、ばっさりと切りすてるほどである。

たしかに、テイラーもその考えには賛同できる。

敵が待つ最前線に果敢に飛び込むという、最も危険な任務を本職とし、航空優勢も海上優勢も確立されていない危険な状況下で橋頭保を築き、本隊が上陸するまで戦線を維持する。

その思想で発足したのが海兵隊である。

困難な任務を遂行するために、海兵隊は独自の航空戦力も母艦も有しているのである。


こうした性格と規模の軍を持つのは、ほかに世界中どこを探してもないだろうし、この艦載機を積んだ強襲揚陸艦は一隻だけでも、中小国空軍の全力に相当するものと言われている。

（中国軍が向かってくるならば、叩きのめしてやるだけだ）

過去、挑戦者は幾度か現れたが、アメリカはそのたびにそれを退け、完膚なきまでに叩きつぶしてきた。

パナマのノリエガ、イラクのフセイン、リビアのカダフィらだ。

二〇〇〇年代あたりから、アメリカは世界の警察としての役割を放棄して、軍の活動はより国益に直結したもののみに代わってきている。

ここで戦う目的は台湾の防衛というよりも、アジアへのプレゼンスの維持と拡大である。

中国に好き勝手はさせない。これ以上の中国の支配拡大は許さない。中国という出る杭を叩く。考えようによっては中国を傷めつけるチャンスでもあると、テイラーは考えていた。

それにひきかえ……。

海兵隊には今のところ共同作戦の予定はないとの通達が流れている。

つまり、直接的な日本の支援はあてにするなということだ。

台湾周辺で戦端が開かれたとしても、法的な制約もあって、日本の陸海空自衛隊はどう出てくるかわからないという。

(情けない話だ。自分に振りかかる火の粉も払えないとは。そんな国が同盟国とは)

もっとも、太平洋戦争の教訓から、日本の軍事大国化を警戒して、阻んできたのは当のアメリカだったのだが……。

艦尾旗竿の星条旗が音をたてててはためく。

テイラーは南西に目を向けた。

その先には、すでに中国軍の艦隊や航空機が、台湾を威嚇して居座っているはずだった。

第四章　燃ゆる台湾海峡

二〇二八年二月二一日　東京

日本国首相浦部甚弥は首相官邸地下の「作戦室」にこもっていた。

総統選挙から続く台湾の混乱を鎮めるためとする軍事介入を宣言した中国が、いよいよ実力行使に出ようとするなか、台湾軍は臨戦態勢に入り、アメリカ軍も西太平洋方面への増援をはかっている。

そこで、浦部も必要性にかられてＪＮＳＣ（Ｊａｐａｎ　Ｎａｔｉｏｎａｌ　Ｓｅｃｕｒｉｔｙ　Ｃｏｕｎｃｉｌ　日本国家安全保障会議）を招集した。

その本部となる官邸地下には、浦部とともに官房長官半田恒造、防衛大臣美濃部敦彦、外務大臣深沢純らが参集している。

だが、固唾を飲んで注視していた中国軍は、まったく予想外の動きを見せ、浦部らに肩透かしを食わせただけだった。

「中国艦隊が包囲を解いた。どういうことだ」

「我が国の人工衛星もはっきりとその様子をとらえております。米軍からも同様の情報が入っております。たしかな情報です」

首をかしげる浦部に、美濃部が報告した。

「良識ある決断ですよ。中国もこれ以上事を荒立てることを望まなかった。我々の働きかけも無駄ではなかったということでしょう」

「いったい何を企んでいる」

単に楽観的に考える深沢と違って、浦部は冷静にその真意を探った。

事態の急転、悪化に振りまわされて、困惑、躊躇する以前の浦部は、もうここにはいなかった。

そこにいたのは、腹を決めて、開きなおった浦部だった。

心労、疲労の跡が顔の皺となって目立つが、眼光は次第に炯々《けいけい》としたものとなっていった。

「横須賀や佐世保の米軍は？」

「一部出港済みの艦艇はありますが、今のところ静観する構えのようです」

「だろうな」

美濃部の報告に、浦部はうなずいた。

さすがにアメリカとしても、先制攻撃するわけにはいかないだろう。武力衝突や戦争にならないにこしたことはない。

世界で突出した軍事力を持つアメリカから見ても、中国軍は容易な相手ではない。

二度にわたって戦ったイラク軍と比べても、中国軍ははるかに洗練され、数的にも強大な敵なのである。

台湾周辺の海域からは、中国海軍の艦艇は一隻残らず姿を消し、上空にも戦闘機や哨戒機を問わず、航空機がきれいさっぱりいなくなったという。

台湾有事は遠のいたのか？

そう考えるのは、あまりに早計だった。

（嫌な感じがする）

そのとおりだった。

それから数時間としないうちに、事態は一変した。

「台湾との通信途絶」

「回線切りかえろ」

「総統府が駄目なら軍でもなんでもかまわん」

「民間はどうなっている。確認急げ！」

「与那国監視隊、連絡つきません」

「石垣もです」

「那覇空港、通信状況悪化」

「本島もか。波及範囲を確認しろ。程度もだ！」

ＪＮＳＣ本部は騒然とした。

あらゆる情報手段を駆使して、台湾方面への連絡を試みるも、不思議なまでに反応が得られない。驚くというよりも、狐につままれたかの印象だった。

「どういうことだ。これは」

慌ただしく動きまわる面々を見ながら、浦部はつぶやいた。

中国軍が攻撃を仕掛けてきたにしても、これほどいっせいに制圧されるというのは、いくらなんでもおかしい。

それに、与那国島や石垣島、さらに沖縄本島まで影響が及ぶというのはどういうことだ。

「まさか、核攻撃ではないだろうな」

「か、核!?」

半田の言葉に、深沢が頓狂な声をあげた。あまりのことに声は完全に裏返り、両目は深海魚よろしく飛びださんばかりに見開かれている。

たしかに、それだけ広範囲に、かつ一瞬でダメージを与えるのは通常兵器ではまず不可能だ。

しかしながら、戦略核兵器を投入したとしても、これだけの範囲をカバーするとしたら、一発や二発では済まない。

そうなれば、どれだけの破滅的な被害となるのか。放射能の被害は中国大陸にもおよび、汚染物質は全地球的にばら撒かれることになりかねない。

そんなことを中国はしたというのか？

いくら強硬手段とはいっても、そこまでいっては戦争犯罪のレベルすら飛びこえる、人類史上最悪最凶の行い《おこな》となるのではないか。

いくらなんでも……。

美濃部は制服組から耳打ちを受け、さらに数人の部下に確認を命じたうえで報告した。

「核ＥＭＰです」

「核ＥＭＰだと」

浦部は頬を引きつらせて返した。

北朝鮮の攻撃としてもありうるものとして、レクチャーは受けていた。

予想される攻撃手段としては、三本指に入ろうかという悪質なものだ。

それを中国は実行した。この軍事行動における中国の並々ならぬ決意が、そこに見えるような気がした。


核ＥＭＰ（Ｅｌｅｃｔｒｏ Ｍａｇｎｅｔｉｃ Ｐｕｌｓｅ）攻撃とは、核爆弾を数十キロメートル以上の高空で爆発させ、生じた電磁パルスで周辺のあらゆる電子機器を破壊するというものである。威力と影響範囲は爆発させる高度で調整可能であり、地表に近いほど威力は大きくなり、逆に波及範囲は小さくなる。

「爆心地は台湾東方沖。核ＥＭＰとしては比較的小規模なもので、台湾全域を含みつつ、大陸にはかからない範囲にとどめて実行された模様との、米軍の見立てです」

「うむ」

うなずきつつ、「さすが米軍だな」と浦部は思った。

敵の動きひとつに対して、ここまでの分析結果はすぐさま出てくる。

間違いなく世界一であるアメリカの軍事力は、航空機、艦艇、戦闘車両といった正面装備の性能や兵士の技量、それらの数のみならず、それを支える管理、保全、分析、人事、教育、作戦立案等を行う、緻密で優秀な組織の存在が大きい。

それをあらためて見せつけられた思いだった。

防衛省、自衛隊とも世界的に見れば優秀な組織だが、アメリカ軍には遠く及ばない。

人口や予算規模といった国力差を見れば、追いつこうと思うことがそもそも愚かというのが現実であって実態なのだが。

「まず損害状況の確認が第一です。それでなにができるか、できないかですが、それがはっきりしませんと、手の打ちようもありません」

「すぐやってくれ」

「はっ」

浦部の了承を得て、美濃部は次々と指示を出した。

もう、自分たちも「当事者」である。

中国軍はすぐに次の行動に出てくるだろうが、自分たちも覚悟を決めて、前に進むしかない。

賽はもう投げられたのだ。

軍民問わず、日米台の電子機器は打撃を受け、インフラの破壊で、地域全体が大きく混乱した。

中国軍は第二撃として、防空能力を削いだ台湾へ大規模なＵＡＶ（Ｕｎｍａｎｎｅｄ　Ａｅｒｉａｌ　Ｖｅｈｉｃｌｅ　無人航空機）の自爆攻撃とミサイル攻撃に踏みきった。

「台湾問題は中国の内政問題である。そこへの他国の干渉はその大小によらず、かつ軍事行動の如何に関わらず、中国への重大な挑戦かつ攻撃であるとみなす」と中国政府は世界に向けて警告した。

核ＥＭＰ攻撃は日本に対しての核恫喝でもあった。その気になれば、いつでも核弾頭のミサイルを撃ち込める。そういう脅しだった。

「ちゅ、中国政府ともう一度話しあいましょう」

慌てふためく深沢を、半田は冷ややかな目で見ていた。

話しあいといっても、なにを話しあうというのか。日本には手を出さないでくれと？　そんな話がつうじる相手ではないことは、もう明らかである。

すくんで動かないでいれば、それは敵の思うつぼであろう。

そして、黙っているからといって、日本が安全でいられるわけがない。戦略、戦術上の必要性が出れば、敵の要求は次々とエスカレートしてくるに違いない。それこそ、断固たる決意と態度を見せねば、いくらでもつけこまれる。

「首相。大統領が直接話しあいたいと……」

（来たか！）

半田と美濃部が弾かれるように振りむき、深沢はうつろな視線をさまよわせた。

アメリカは台湾関係法に基づいて、台湾防衛にのりだした。

軍事行動は米中全面戦争を誘発しかねない危険な選択だったが、中国による台湾の武力統一は、アメリカのアジアにおける決定的なプレゼンス低下を意味することであって、アメリカの政府と軍にはけっして許容できないことだったのである。

アメリカ政府は日米安全保障条約第六条に基づいて、軍事行動の準備通告と最大限の支援を要求してきた。具体的には港湾、空港といった公共施設の使用と燃料、弾薬等の提供である。

「いずれにしても、アメリカに呼応して対応していかねばなりますまい」

「それはそうだが、かといって軽挙妄動はいかんぞ。なにせ日本国民一億の命が懸かっているのだからな」

美濃部の考えを原則的には認めつつも、かといって責任放棄してアメリカに国の命運を委《ゆだ》ねるわけにはいかない。

浦部も難しい立場に置かれたのだった。

二〇二八年二月二二日　東京

核ＥＭＰ攻撃からの復旧は夜を徹して行われたものの、南西諸島方面では通信障害が発生し、停電も相次いでいた。

中国軍工作員による破壊活動である。

日本社会は動揺し、経済三団体はなおも戦争反対を叫んでいた。

「首相……」

「なにを言っているんだ。断れ！」

思わず声を張りあげた首相浦部甚弥に、多くの者が振りかえった。

感情をあらわにして声を荒げるなど、上に立つ者、公の地位にある者のすることではないとわかっていたが、あまりの「非常識」ぶりに浦部は我慢がならなかった。

秘書官が耳元で囁いたのは、経団連会長が面会を要求してきたことだった。

この期に及んでも戦争反対を唱え、それを直接伝えにくるという態度である。

「現実がまったく理解できていない。我が国はとっくに攻撃を受けたというのにだ。戦争回避など、できるものならばとっくにやっている。選択の余地などないのがわからんか！」

大きく嘆息する浦部に、衝撃の報告が追いうちをかけた。

「尖閣が！」

「どうした。報告は明瞭簡潔に」

「せ、尖閣諸島に中国軍が上陸した模様です！」

「なんだと!?」

「規模は!?」

「民兵か？　正規軍か？　それによっても違うだろう」

ＪＮＳＣは、それまで以上の混乱をきたした。

中国軍が電撃的に尖閣諸島に上陸した。ただ、武力行使はなく、海上保安庁や海上自衛隊は手出しできないという状況らしい。

「以前からシミュレーションを繰りかえしてきたにもかかわらず。……情けない」

吐きすてる半田を横目に、浦部は命じた。

「核の傘はどうなっている。米軍に確認せよ」

日本国内もさらに緊張が高まった。

「防衛出動だ」

「いや、待て」

もちろん、国内向けにはＥＭＰは「未知の電磁波攻撃」としか伝えられるはずがないが、核恫喝に対抗手段がない以上は、動くに動けない。躊躇している間に、与那国島の沿岸監視隊との通信は途絶した、占領された可能性大と判断せざるをえなかった。

宮古島と石垣島との電波障害で通信しにくい状況が続いた。

ＥＭＰによる影響も深刻だった。

アメリカ軍の初動も、それで遅れていた。

二〇二八年二月二三日　嘉手納

米軍基地の前には、デモ隊が集まっていた。

慌ただしく出入りを繰りかえす車両など意に介さないとばかりに、「米軍出ていけ」「戦争に巻き込まれるな」などと書いた垂れ幕を広げて、シュプレヒコールを続けている。

おまけに地元のテレビ局までやってきて、中継を始める始末だ。まるで煽っているに等しい。

逼迫する事態のなかで、ここだけ時間が止まってしまっているかのようだった。

「嘉手納の米軍基地の前では、抗議活動が今なお行われております」

「七、八〇人、いや一〇〇人は超えましょうか。それだけの人が集まって、声を大にしております」

後ろでは「戦、争、反、対」「米、軍、出て、いけ」といった叫び声が繰りかえされている。

しかし、こうした抗議活動が可能なのは、あくまで平時でのことだった。

現在はすでに「戦時」だった。

米軍基地内から、不気味な警報音が鳴りひびいた。

「追いはらおうったって、そうはいかんぞ」

デモ隊は意に介さずに抗議活動を続ける。

米兵の一部が血相を変えて「帰れ」といったジェスチャーを見せるが、デモ隊はそれも追いかえそうというパフォーマンスとしてしか捉えなかった。

それが文字どおり、命取りとなった。

複数の飛翔体が白煙を残して上空へ飛びあがった。

地対空誘導弾ＰＡＣ３だった。

しばらくして、南西の空を閃光が次々と切りさき、遅れて腹の奥底を叩く爆発音が二つ、三つと響いてくる。

アメリカ軍の初動が遅れている間に、その干渉が不可避と考えた中国軍は、石垣島や宮古島の自衛隊駐屯地、さらには沖縄本島の在日米軍基地をも目標としたミサイル攻撃を実施したのである。

さすがにまずいと察して、デモ隊も解散して退避しかけたが、すでに手遅れだった。

嘉手納はこの方面におけるアメリカ軍の最重要基地のひとつであり、ＰＡＣ３をはじめとした迎撃態勢も堅固だったが、中国軍はそれを飽和攻撃、すなわち数の力をもって制圧した。

迎撃をすり抜けたミサイルが一発、二発と着弾する。

テレビクルーは退避していたが、固定していたテレビカメラは回ったままだった。

逃げまどうデモ隊を巨大な影が覆ったかと思うと、真っ赤な炎が画面一杯に広がった。

一瞬、そこに人が呑み込まれたかのように見えた。が、次の瞬間には画面が大きく揺れ、爆風によって飛ばされた無数の砂塵がカメラを叩き、画面はブラックアウトして映像は途切れた。

二〇二八年二月二三日　東京

全国に流れてしまった映像を、首相浦部甚弥も自身の目で確認した。

悲嘆にくれている暇はない。それをしっかりと双眸に焼きつけ、浦部はあらためて覚悟を決めるしかなかった。

嘉手納での死者は確認されただけでも三八名。行方不明者は三〇名あまり。石垣島や宮古島は確認すらままならない状況だった。

平和主義だ、力で対抗する前に話しあいを、などという理想は完全に吹きとんだ。

もはや、事態はそうしたレベルではなく、話がつうじる相手でもなかったのだ。

「首相。これからは議論している時間などございません。意思決定はこれまで以上に迅速にしませんと、なにもかも手遅れとなります」

官房長官半田恒造は挙国一致体制の構築を進言した。

政府内から異論は出なかった。

浦部も「そのとき」が来たと認識していた。

国会で武力攻撃事態認定、防衛出動の承認が全会一致で可決された。

政権は大連立を組んで、戦時体制へと移行した。

台湾有事は日本有事というのは、真実だった。

日本政府も、日本という国家そのものも、戦争に足を踏みいれたのだった。

二〇二八年二月二四日　台湾海峡

中国空軍大尉陳海竜《チンハイロン》は、ステルス大型戦闘機J－20のコクピットから眼下を見まわした。

「海面を埋めつくす」という表現はさすがに大袈裟だが、それでも尋常でない数の艦船が台湾海峡を東に向かっているのはひと目でわかった。

ついに、台湾有事の真打ちというべき中国軍の台湾海峡横断が現実となったのだった。

台湾統一という長年の野望を実現すべく、中国は特にここ十数年間で海軍力を急拡大させてきた。

自国の近海を細々と警戒する弱小沿岸警備隊が、本格的な外征海軍へと変貌を遂げたのだ。

艦艇の建造は空母や駆逐艦、潜水艦といった戦闘艦艇にとどまらず、海上作戦を高度化させる補助艦艇にもおよび、手抜きはなかった。

　その目玉として整備されたのが、輸送艦隊であって、その筆頭が玉中型強襲揚陸艦だった。

　玉中型強襲揚陸艦は中国海軍初の空母型揚陸艦であって、全通飛行甲板と後部にウェル・ドックを備えている。ヘリコプター三〇機とエアクッションョン揚陸艇三艇を運用可能であり、満載排水量は三万三〇〇〇トンと海上自衛隊最大の艦であるいずも型空母を大きく凌ぐ。

　それこそが、台湾海峡横断と台湾侵攻を見越してのものであることは考えるまでもない。

　玉中型強襲揚陸艦は八隻が就役しているが、もちろん一隻残らず陸軍将兵と車両、武器弾薬、食料、医薬品などを満載して航行しているに違いない。

　それでも、中国共産党の八〇年にわたる悲願である台湾統一の実現にはまだまだ足りない。

　海軍艦艇だけではなく、民間船もかたっぱしから徴用して、投入しなければ、これだけの光景にはなるまいと陳は思った。

　対空、対水上警戒の駆逐艦が輸送船を囲んでびっしりとはりつき、水面下でも奇襲は許すまいと潜水艦が多数展開して、耳を澄ませていることだろう。

（すまない。これでは当面東アジアはがたがただ）

　恋人の劉鶴潤《リウホールン》へ向けての思いに、陳は眉間を狭めた。

　女子プロサッカー選手である劉は、所属している日本のチームに帰れないと嘆いていたが、当面その状況は変わりそうにない。

　それどころか、日本との戦争とまでなったら——そうなるだろうと聞かされているが——契約解除や除名となって永遠に帰れなくなる可能性のほうが高いだろう。

戦争の犠牲になるのは、それをはじめた上の者ではなく、常に末端の者たちなのである。

（俺も好きでこうしているわけではないが、戦争の片棒を担いでいるのは事実だ。なんでも償いはするから許してくれ）

陳は胸中で頭を下げた。

船団はすぐに後方に置きざりとなる。

制空任務の隊はとっくに先行している。

陳が所属する東部戦区第九戦闘旅団は機首を南東に向けて、台湾海峡を斜めに横断している。

双発のエンジンは快調に回っている。

大型のデルタ翼が大気を裂き、縦長の機体が豪快に進む。それでいて胴体に隙間なく密着させたＤＳＩ（Ｄｉｖｅｒｔｅｒ－ｌｅｓｓ　Ｓｕｐｅｒｓｏｎｉｃ　Ｉｎｌｅｔ　ダイバータレス超音速インレット）や一定の角度で揃えた機体構造は、電波の乱反射を防いでステルス性を実現している。

昨日までの核ＥＭＰ攻撃とそれに続く空襲で、台湾空軍はまともに動けないと予想されており、さらに事前の調査で南部は手薄とされていた。

第九戦闘旅団はそれを確認して、船団が側面を衝かれるのを阻止するとともに、逆に残存の台湾空軍が迎撃に出てきたら、その横合いを狙うことを任務として出撃してきた。

虎の子の早期警戒機空警二〇〇〇は台湾正面に投入されており、第九戦闘旅団にその支援はない。

それは、遭遇戦の可能性が少ないと予想されていたこと、ステルス機の優位性でそこをのりきってくれという願いや期待をこめて、との上の判断がある。

言い方を変えれば、より戦力的に劣る非ステルス機の航空隊に、優先して有力な索敵情報を与え、ステルス機は自前でなんとかしてくれということである。

そこは、陳も悲観的には考えていなかった。

アメリカ軍が相手ならばともかく、台湾空軍が相手であれば、そこにステルス性を持つ第五世代機はない。

残存の戦闘機が出てきたとしても、非ステルスの第四世代以前の機であって、特に強力な長射程攻撃力や高速力を持つ機はないとされている。

具体的に言えば、国産のF－CK－1雄鷹やロッキード・マーチンF－16Vバイパーである。

仮に、会敵の環境が多少悪かったにしても、J－20ならば圧倒できるはずだ。

台湾海峡は最狭部で一三〇キロメートル。亜音速の巡航速度でいっても、七、八分でひとまたぎできる距離である。

台湾上空にさしかかるまで、さほど時間は要さない。つい先日まで防空識別圏とされていた中間線など、軽々と突破した。

航空戦力だけではなく、地上からのSAM（Surface to Air Missile　地対空ミサイル）にも警戒が必要だが、それが襲ってくる気配はない。

初手の戦果は誇張ではなく、敵の防空網はたしかに破綻しているようだ。

カウンター・ステルス、つまりステルス機への対抗手段も台湾軍ではまだまだレベルが低く、J－20相手では対応が難しいのかもしれない。

とはいえ、発展途上国の吹けば飛ぶ貧弱な空軍や戦力らしい戦力もないテロ組織が相手ではない。

まったくもって全滅、壊滅で可動機ゼロというわけにはいかないだろう。

掩体や地下施設で難を逃れた機も、一定数あるはずだ。

それらは首都近郊や台湾西岸正面の防衛に出てくる可能性が高い。

それを迂回して挟撃すれば、台湾島への上陸作戦も滞りなく進められるはずだ。

それが理想だったが、さすがに敵もそうそう簡単にくたばるつもりはないようだ。

敵としても、この日を見越して、様々な対策を立てて準備してきたのだろう。元々手薄でがら空きとなっているかもしれないとされていた台湾南部にも敵影はあった。

「敵機発見」

自機の搭載レーダーが敵を探知した。


中国空軍にはまだ日米のような高度なデータリンクとクラウド・シューティングの技術はない。

ゆえに、空戦は個々に進める性格がまだまだ色濃く残っているが、J－20に積まれているレーダーに種類の違いや個体差はない。

索敵情報は実質的に共有できているのと同じだった。

そして、目標が限られている場合は、重複攻撃と無駄弾を避けるために、攻撃の優先順位を決めるくらいのシステムは備わっていた。

陳とそのウィングマンである楊権《ヨウグオン》少尉にも攻撃の指示がやってきた。

「ジュンベィ（準備は）？」

「ハオダ（ＯＫ）」

即答する楊に「そうだろうな」と納得の陳だった。

陳と違って、楊は並々ならぬ闘志をもって軍務に励んでいた。

それは、楊の生いたちにある。

「『敵を落とせ。敵を殺せ』と、この傷がうずくんでなあ」

楊は幼少期から貧しい生活を送ってきた。そのために、周囲からは馬鹿にされ、足蹴にされ、いじめや暴行の標的ともなりやすかった。喧嘩も日常茶飯事だった。

そうした、すさんだ生活が長かったので、顔はもちろん、全身に傷や火傷の痕があった。運よく、視力や身体的能力が優れ、空軍パイロットの地位を得た今、楊はもうあのころに戻るのはご免だと、自分の道は自分の腕で切りひらくのだと、殺気だつほどの強い思いで、出撃してきたのだった。

「ゴォン ヂィー（攻撃開始）」

自機のレーダーで目標をロック・オン、ウェポンベイを開いてPL－12MRM（Medium Range Missile 中距離空対空ミサイル）を放つ。

点火したPL－12が急加速して宙を貫く。

PL－12は全長三・九九メートル、直径〇・二九メートル、セミアクティブ・レーダー・ホーミング式の誘導方式で、二四キロメートル先の目標まで狙うことができる。

陳と楊にしてみれば、別に驚くことでもなかったが、西側の技術者と軍関係者にしてみれば、険しい顔で低いうなり声をあげるような光景だったかもしれない。

完全撃ちっぱなしのAAMではないものの、中国空軍も難なくBVR（Beyond Visual Range 視程外）戦をこなした。

視界内に目標を捉えていない状態で、電子機器の働きだけによって、有効な攻撃を実行した。

しかも、戦力的には一段劣る台湾空軍が相手とはいっても、ステルス性を存分に発揮させて、反撃の準備をさせないうちに、下手をすれば存在そのものを悟らせないうちに、アウト・レンジ攻撃をやってのけたのである。

近代化と装備の刷新はハード面だけではない。戦術と運用のソフト面も、それを実行するパイロットやスタッフの技術も、ひと昔前とは比べものにならないほどにレベルアップしていたのだった。

「目標到達まであと一〇秒……七、六」

デジタル数字が寸分の狂いもなく、正確にカウント・ダウンを進める。

敵機にしてみれば、絞首刑台への残歩数と同義語だ。

不審な動きはない。

陳は命中を確信した。

デジタル数字が「０」を示した次の瞬間、目標の輝点がディスプレイ上から消失した。

命中、撃墜とみていい。

「目標、消失」

敵機は全部で四機いたが、陳らはＢＶＲ戦でそれを難なく一掃した。

敵にしてみれば、なんの前触れもなく、突如ミサイル攻撃を受けて散華したことだろう。

これが第四世代機までの戦闘機と第五世代機との決定的な違いである。

なすすべもない、というのはこのことだ。

ただ、これで終わりとはいかなくなった。残敵がまだ潜んでいる可能性がある。

空中退避した機が東に逃れているかもしれないし、組織だった動きもおぼつかないなかで、戦闘機が少数ずつ反撃に上がってくる可能性もある。

台湾の向こう側に行く必要まではないが、この辺でしばらく様子を見る必要はありそうだ。

上陸作戦の支援はそれからだ。

（まあいいさ）

慌てる必要はないと、陳に焦りはなかった。

初手の核ＥＭＰ攻撃で敵の防空システムは破綻をきたし、それに続く空襲で敵の航空戦力やＳＡＭ、高射砲、機関砲などの防空兵器ものきなみガラクタと化したに違いない。

多少の残存戦力があったにしても、取るに足らない程度のものだろうと、陳は楽観視していた。

（問題はアメリカ軍が出てきてからだ）

台湾軍が相手ならば、まともに戦っても負けるはずがない。しかし、日本に駐留しているアメリカ軍や空母打撃群が出てくると、厄介な相手となる。

日本の航空戦力も無視はできない。

決戦はそこからだと、陳は気を引きしめなおした。

軍はあくまで就職先にすぎない。戦闘機を飛ばして報酬を得る。もちろん、命令とあらば、敵との交戦も義務であることは承知している。

だが、陳はそこで命を軽々しく扱うつもりはなかった。

空軍のなかには、軍や国への忠誠を狂信的に唱える者も少なくない。

その種の連中は自分の命など度外視で、命令の遂行が第一、戦果優先、と堂々と言ってのけ、挙句の果てには愛国心は命に優るだの、崇高な目的のためならば、自分の命など喜んで捧げるつもりだ、などとまで豪語している。

陳は軍人であるが、そうしたマインド・コントロールされた者たちとは一線を画していた。

敵前逃亡するつもりなどは毛頭ないが、死んでこいという無謀な命令は受けいれられない。

国のために自分がいるのではない。自分が生きているからこそ、そして生活をするために、国という存在があるのだと。そして、なによりも愛する恋人・劉鶴潤《リウホールン》に会えなくなるなど、考えただけでもぞっとする。

自分は生きて帰る。劉のもとへ帰り、劉を力一杯抱きしめる。

そう思うからこそ、最後の一瞬まで自分は集中できるのだと、陳は自覚していたのだった。

台湾侵攻作戦は中国軍の陸海空総力を挙げた一大作戦だった。

それは海中とて例外ではない。

商級攻撃型原子力潜水艦八番艦『長征16』もまた、台湾海峡東部に進出して、敵の迎撃に備えていた。

「ついにこの日が来たか」

艦長朱一凡《チュイーファン》中佐は興奮ぎみにつぶやいた。

その小さく攻撃的な目つきは、触れれば切れそうなまでに鋭さを増している。

朱は台湾統一という国家方針とそこへの軍事力行使という命令に、一ミリの疑問も抱いていなかった。それどころか、朱自身が「台湾統一こそが中華民族の繁栄の源であって、死活的利益である」と固く信じていた。

だから、元は同邦であっても、アメリカや日本にそそのかされて、併合を拒む者たちは容赦しない。抵抗するならば、必ず沈める。と、朱に迷いはいっさいなかった。

幸い、最初の一撃がうまくいったので、アメリカや日本の対潜部隊はまだ出てきていない。

敵は弱小の台湾海軍だし、それもかなりの痛手を負っているものと思われる。

台湾上陸作戦の成功は、信じて疑わない状態にあるが、さらにそれを確実に、盤石にするために、朱は働こうと決めていた。

作戦が完璧に進めば進むほど、その後の展開が有利になる。

たとえわずかでも綻びが生じれば、それはやがて大きな亀裂となって、作戦全体を破綻させかねない。

朱は好戦的である一方、潜水艦乗りらしく用心深さも併せもっていた。

潜水艦は大洋で最強の攻撃兵器である反面、ひとたび敵に見つかってしまえば、高確率で撃沈される憐れな存在でもある。

勇猛なのは結構だが、それだけでは戦場で生き残ることは……できない！

商級潜水艦は原子力機関を搭載している。

人間に関わることとさえ無視すれば、航続力は無限に近い。通常動力型潜水艦に比べれば、水中速力も格段に速い。

だが、メリットばかりではなく、デメリットも存在する。

原子炉を冷却するポンプの振動と、そこに起因する雑音の発生は、潜水艦としては些細な問題と片づけられない欠点だった。

迂闊な行動は墓穴を掘ると、朱はわきまえていた。

「周囲に敵潜の兆候はありません」

ソナーマンの報告に、朱は無言でうなずいた。

台湾侵攻に対するアメリカの干渉は不可避と考えた中国指導部は、在日米軍基地および南西諸島にある日本の軍事拠点にもミサイル攻撃を実施した。

その報復行動として、すぐに動けるのは潜水艦である。日米の潜水艦があらかじめこの海域に潜んでいれば、早速攻撃してきてもおかしくはないのだが、どうやらその姿はないらしい。

偶発的な戦闘を起こさないよう用心していたためかどうかはわからないが、まずは細心の注意を払わねばならない対象は、頭のなかから排除しておいてよさそうだ。

代わって現れたのは、朱にとっては「かも」のような相手だった。

「水上艦らしきスクリュー音探知」

「一軸推進艦らしい」

報告があがり、次々と続報が届く。

情報の一端を手掛かりに、CPUが解析やデータベースとの照合を行う。

「ノックス級一隻です」

艦はその形状や装備に基づき、固有の音を発する。それを音紋と呼ぶ。

その音紋がわかっていればソナーによる特定が可能となるため、世界中の海軍が血眼となって海中から音を拾っている。

音紋のデータベースが充実していればいるほど、有事の際に戦いを有利に運べるからにほかならない。

ふだん平時でもなにくわぬ顔をして、陰でそうしている。

暗闘、冷戦は常に行《おこな》われているのである。

ノックス級フリゲートは台湾海軍としては一九九〇年代に就役した艦だが、元々はアメリカ海軍で一九七〇年代前半から使われていた老齢艦である。

中国海軍からすれば見飽きたほどの相手であって、特定した情報は確度が高いとみていい。

ほぼ間違いないと言っていいくらいだ。

「一隻だけというのは間違いないな？」

「はっ。間違いありません」

「迎撃というよりも、偵察程度の意味合いでしょう」

副長孫富陽《ソンフーヤン》少佐が海面へ向けて、視線を跳ねあげた。ややもすれば、思うがまま強引に走りかねない朱と違って、第三者的に考えることができる孫である。

「しょせん一隻ではなにもできません。EMP攻撃で、ほかはのきなみやられているのでしょうな。旧式だから助かったということなのでしょうが」

ノックス級フリゲートが出てきた意味を、孫は言いあてていた。

EMP攻撃で電子機器が破壊された。

高度に電子化され、システム化が進んだ新しい艦艇ほど、その影響は大きい。

自動化された機器などは、ほとんど稼働停止状態だろう。そこで、あいつは生きのこった。

旧式でアナログ部分が多いから、EMPの影響が少なく、許容内のダメージで助かったということだろう。

古びた艦であることが幸いした。どこでなにがどう効くか、わからないものだ。

「降伏の意思はない。明確な敵対行動であって、攻撃対象と見るべきです」

孫は言いきった。

単艦で動いているということは、単純に動けるのが自分しかいなかった。逃げようにも逃げる場所もない。だから追い込まれて出てきたと考える。

それが孫の見方だった。

「やぶれかぶれで出てきたのかもしれんが。一隻だけでも出てきたことを褒めてやるか」

朱は嘲笑した。

「我々にとってはそうでもなくとも、海上を渡る陸上戦力からしてみれば恐れる対象だろうから、潰しておかんとな」

はっきり言って、ノックス級フリゲートなど、今の中国海軍の実力からすれば脅威ではない。対空、対潜、対艦、いずれの攻撃力も見るべきものはない。

多少近代化改装は行っているかもしれないが、劇的に戦闘力が上がっているはずはない。

だが、それは戦闘艦艇から見れば、とのことである。まずないだろうが、護衛なしの輸送船が鉢合わせすれば旧式とはいえ明確な脅威となる。

よって、放置はできない。

『長征16』からすれば、ノックス級フリゲートを沈めることなど、赤子の手をひねるようなものだが、あえて見逃す理由もない。

さっさとやるまでだ。

「面舵。本艦針路、一三〇」

朱は目標への接近を命じた。

魚雷を使うのも惜しい相手だが、まさか大戦時の潜水艦のように、浮上して砲撃というわけにもいかない。

そもそも現代の潜水艦にその種の装備はない。

全長一〇六メートル、全幅一一・五メートル、水中排水量六〇〇〇トンの葉巻型をした艦体が水中に弧を描く。

中国海軍の潜水艦は、以前は低性能で発する雑音も酷く、三流以下のガラクタと言われていた。

実際、中国海軍も国産の潜水艦には限界を感じて、ロシアから通常動力型潜水艦を購入して、戦力化しつつ研究材料として使っていた時期もあった。

だが、国家としての経済の躍進は科学技術力の発展を促し、国産兵器の性能と信頼性を著しく引きあげた。

商級潜水艦もアメリカ海軍の原潜と同等とまではいかなくとも、張りあえるレベルまでは来ていると朱は思っていた。

『長征16』は速やかに、かつ滑らかに回頭した。

水中では最大三〇ノットまで出せるが、慌てて近づく必要はない。

通常動力型潜水艦と違って、バッテリーの残量を気にして速力を絞る必要はないが、あまりに相手を侮って、舐めてかかって反撃されるというのは愚の骨頂だ。

目標を刺激せずに、自然に、さりげなく接近する。

目標の動きに変化はない。慌てて回頭したり、急に増速したり、ましてや対潜ロケットを飛ばしてきたりという様子はない。

気づかれていないという証拠とみていい。

「潜望鏡深度まで浮上。メイン・タンク、ブロー」

気畜機から空気をメイン・タンクに押し込んで、海水を排出する。上げ舵をとって艦体を上向ける。

黎明期の潜水艦のようなぎこちなさは皆無だ。やろうと思えば、立っていられないくらいの急潜航や急浮上も可能である。

ここも無理をする必要はないが、立っている者は身体を支えるくらいは必要になる。

『長征16』は海面直下まで浮上した。水平に姿勢を戻して艦を安定させる。

「潜望鏡上げ」

朱は命じた。

目視確認なしでも魚雷を当てる自信はあったが、

余裕があるので念のため確認しておく。

もちろん、アナログの光学潜望鏡ではない。デジタル画像が焦点を合わせ、ズーム・アップしていく。

「ふん」

朱は鼻を鳴らした。

マストと煙突とを一体化したマック構造物に各種レーダーを密集させ、箱型の艦橋構造物と複数のミサイル発射筒を並べた姿が確認できた。

ステルス性とは無縁の前時代的な艦容である。

「ガラクタはガラクタらしく、スクラップとなって沈むがいい」

朱は命じた。

「一番、二番、魚雷発射用意」

「ヂーダオラ（了解しました）」

商級潜水艦は前方向に六門の発射管を持つ。その一、二番管に水雷手が魚雷を装塡し、尾栓を閉める。注水して、発射に備える。

USM（Underwater to Surface Missile　水中発射対艦ミサイル）という攻撃手段もあり、その場合は耐圧カプセルに入ったUSMを発射管から射出することになる。

それが海面に出てから点火、飛翔して目標へと向かうわけだ。

ここで、朱は魚雷を選択した。

撃沈を目的とするならば、そのほうが確実という判断である。

「発射管扉開け」

緊張が高まる。静寂が艦内を支配する。

朱は決然と命じた。

「一番発射、続けて二番発射」

「カァィフゥオ（発射）」

時間差をつけて、二本の魚雷が『長征16』を離れた。浅海の光届く海中を、獰猛な金属製の鮫が貫いていく。

「潜航する。ベント弁開け。深度二〇〇」

反撃されることも頭に入れて、朱は念のために潜航を命じた。ここも不用意に攻撃されるよう、あえて姿を晒しておく必要はない。慢心は墓穴を掘るだけだ。

その間にも、魚雷は海中を突進している。

「魚雷到達まであと一〇秒……七、六……」

「む」

朱が顔を上げて、孫を一瞥した。

到達時刻になっても、命中の報告がない。

（外したのか？）

朱は目をしばたたいたが、孫は冷静だった。

孫は無表情で前を向いたままだった。一喜一憂せずに状況を見る落ちつきが孫にはあった。

待望の報告は、それからしばらくしてやってきた。艦内にも、それとわかる音がはっきりと伝わってくる。くぐもった特徴的な音である。

「目標の破壊を確認」

そこでようやく、朱は薄い唇を震わせた。微笑に丸刈りの頭と低い鼻が揺れる。朱の視線を感じた孫がうなずく。

「焦らされたな」「自分は信じていましたよ」そんな無言の会話がなされた二人の視線だった。

反米、反日主義者の朱としては、真の敵と戦う前哨戦のようなものだったが、まずは及第点としていいだろう。

大戦時とは違って、魚雷の誘導性能や信頼性が格段に高まった現代では、一度の雷撃で多数の魚雷を放つことは少ない。

それだけ、一撃で仕留められる確率が上がっているからだ。下手な鉄砲も……という論理は必要ない。

ところが、朱はここで保険をかけた。目標は旧式艦とはいえ、その背後には世界最強のアメリカ軍がいる。主兵装はともかく、補助兵装あたりはアメリカ軍からの提供で、案外優秀なものが備えられていても不思議ではないと、朱は予測していたのだった。

その予測は正しかったと言える。

一発めの魚雷は、敵の対抗手段に幻惑されて目標を逸れた。

中国軍の魚雷もデコイに対して、ある程度の耐性を持っているはずだったが、通用しなかった。

アメリカ製の高度なデコイだったのかもしれない。だが、そこから絶妙に間を開けて追わせた二発めが、見事に目標を沈めた。

近接信管によって目標の艦底を捉えた魚雷は、そこで起爆した。

強烈な爆圧は目標の艦底から海面へと伸び、目標は下から拳でぶち破られるようにして爆裂した。

ノックス級フリゲートはVの字に折れて、艦首と艦尾を立ちあげ、中央から海面下に呑み込まれていったのである。

反撃は……ない。

魚雷の航走音も、新たな着水音もない。

撃沈前に放った短魚雷や対潜ロケットはなかったということだ。

『長征16』はまったくの無傷で海中を漂っている。涼しい顔をして……というのは、こうした様子を指すに違いない。

「まだこれからだ」

会心の笑みを見せる部下たちに、朱は見おろすような目線で、軽く息を吐いた。

狭い潜水艦内に適した小柄な朱だったが、このときばかりは大きく見えた。

元々戦力的に大きく劣る台湾海軍など、朱の眼中にはなかった。

主敵は日米の艦隊である。朱が真に狙っていたのは、アメリカの空母や日本のイージス艦だった。

それらが出てきたときが、中国海軍にとっても正念場となる。

自分がそれらを退ければ、中国海軍が勝利に近づき、ひいては台湾統一が現実のものとなる。

「さあ、来い。帝国主義者ども」

朱は双眸に反米、反日の火を燃やした。

朱の胸中では、星条旗と旭日旗とが真っ赤な炎によって焼けおちようとしていた。

第五章　南西諸島防衛戦

二〇二八年二月二八日　東京

首相官邸地下のＪＮＳＣ（Ｊａｐａｎ　Ｎａｔｉｏｎａｌ　Ｓｅｃｕｒｉｔｙ　Ｃｏｕｎｃｉｌ日本国家安全保障会議）本部に流れている映像は、万一の停止も考えて二秒のタイムラグこそあったが、日本全国ならびに全世界へ向けて様々な媒体で発信されていた。

「ついに来たか」

待ちわびたぞとばかりに、興奮ぎみに顔を紅潮させていたのは官房長官半田恒造だった。

その隣で防衛大臣美濃部敦彦が、安堵の息を吐いている。最低限、必須の準備ができたという美濃部の思いだった。

全長一七一メートル、堂々二万トンに迫る水中排水量の艦体に、射程一万キロメートルを超える弾道ミサイルを世界最大の二四基を搭載している。

海水を押しのけるようにして、悠々と横須賀に入港してきたのは、アメリカ海軍のオハイオ級ＳＳＢＮ（Ｓｔｒａｔｅｇｉｃ　Ｓｕｂｍａｒｉｎｅ　Ｂａｌｌｉｓｔｉｃ　Ｎｕｃｌｅａｒ　戦略ミサイル原子力潜水艦）一四番艦『ネブラスカ』だった。

政府間協議によって、「可及的速やかに」とされていたものが、ついに実現したのである。

ＳＳＢＮの存在意義というのは、核の先制攻撃を受けて政府や軍の中枢を破壊されたとしても、核には核をもって確実に反撃できる能力にある。

　だから、ＳＳＢＮの位置や行動は軍のなかでも極秘中の極秘情報であって、出港したら最後、帰港するまで作戦行動中は謎に包まれているのが普通である。

　それを堂々と、かつ大々的に明かすなど、それそのものが異例中の異例だった。

「核兵器を持たず、つくらず、持ち込ませず」という日本の非核三原則のため、搭載ミサイルが核か否かは非公表で曖昧なままだったが、核の傘として中国を牽制する意味なのは、火を見るより明らかだった。

「これで敵の攻撃が際限なくェスカレートしていくのを避けられるでしょう」

「そうあってほしいな。そうあってもらわなくては困る」

　美濃部の言葉に、首相浦部甚弥は強い口調で返した。

　それで一定の歯止めがかからねば、日本という国そのものが危うい。

　浦部は憂えていた。

　事態の進展いかんでは、国の存続そのものさえも脅かされかねないと。

　ただ、浦部としても、中国指導部がこれを見てもなお、核まで使う暴挙を犯すとは思っていなかった。

　最悪の核戦争は中国も望まない。

　北朝鮮のような、失うものはなにもないという終末的な国家ならば、なにをするかわからないが、中国はすでに大国としての地位がある。

　人口も経済力も、そして軍事力も、世界的に見て屈指のものである。それを一瞬にして失う愚行には走らない。

これで、核を含めた全面戦争はない。

あとはどこまで限定的で最小限の摩擦に食いとめられるか。

戦線の拡大を防ぐよう立ちまわるのが自分の仕事だと、浦部はあらためて自分の役割を認識した。

アメリカ軍は台湾防衛に出動した。

台湾有事は日本有事——それが現実となったのである。


日本全国で原因不明のトラブルが多発して、インフラが破壊された。

中国製品そのものだけではなく、デバイスにも巧妙かつ精緻に仕込まれたロジカル・ボムが発動したのである。

電子的に管理された、ありとあらゆるものが麻痺した。

首都圏に限らず、都市部から地方まで、信号が狂って交差点での事故が多発した。

幹線道路が封鎖されると軍の動きが止まる。

もちろん、影響は道路や軍にとどまらない。

鉄道のダイヤは乱れに乱れ、事故防止のために新幹線もローカル線も運休を余儀なくされる。

空路も一緒である。航空管制ができなくなれば、飛行機を飛ばして離発着の管理などできない。

それ以前に航空機そのものも計器の一部がいかれて飛べない機が出はじめていた。

海路も例外であるはずがなかった。

陸海空とも交通は完全に麻痺した。

物流が途絶えると、燃料や食料、医薬品の供給が滞《とどこお》り、小売店の棚はあっという間に空になる。

ガスや水道の供給が不安定になれば、どこの工場も稼働停止に陥る。

生産活動が停止すれば、製品の供給も止まる。

行きすぎたＩｏＴの危険性は指摘されていたが、後の祭りである。

それは、あまりに無防備で脆弱だった。

遠隔操作の設備は停止あるいは無秩序に動きはじめた。

高層ビルのエレベータが停止して、人が閉じ込められるケースが多発し、大規模なプラントでは設備の暴走で火災が発生した。

各家庭の家電もでたらめに動き、ホーム・セキュリティは崩壊して、治安が悪化しはじめた。

発電、送電が不安定となって、警察や消防の活動にさえ、支障が出はじめた。

日本国内の社会不安は急速に広がっていったのである。

二〇二八年二月二八日　宮古島

コバルトブルーの海と破砕珊瑚の白い砂浜、澄みきった夜空……日本有数の観光地としての雰囲気は一掃されていた。

石垣島などと並んで対中最前線として、すでに敵の攻撃に晒されたここには緊張感が満ち、殺気だってすらいた。

いつもの緩く、柔らかな空気はまったくない。

残っていた住民たちの表情は一様に暗く、不安げだった。

これまで、政府や自衛隊、警察の度重なる忠告にも耳を貸さなかった者たちも、ついに重い腰をあげて指示に従っている。

つい、先日まであった「戦争に巻き込まれるな」「自衛隊はいいが、ミサイルはいらない」などといったヒステリックな声はぱたりとやんでいる。

今さらそんなことを言っても仕方がないという諦めからではない。

扇動者、すなわち中国軍の工作員が任務を終えて雲隠れしたからにほかならなかった。

「『くにさき』出港します」

報告の声に、ＦＦＭ（Ｆｒｉｇａｔｅ Ｍｉｎｅ Ｍｕｌｔｉｐｌｅ 多用途フリゲート）『もがみ』艦長権藤良治二等海佐は、赤青のカバーがかけられた艦長席から腰をあげた。

昭和男子と言われる、角張った大きな顔は険しかった。

海上自衛隊最大にして、最良の輸送、揚陸能力を持つおおすみ型輸送艦の三番艦『くにさき』が抜錨して、ゆっくりと動きだした。

「想定はしていたものの、こんな日が実際に来るとはな」

権藤は額に深い皺を走らせて、低くうめいた。

『くにさき』の艦内にあるのは、陸上自衛隊の高機動車や舟艇ではなかった。満載していたのは「人」だった。それも陸自の水陸機動団や普通科の隊員たちではない。宮古島に住む民間人だった。

日本政府は南西諸島に残っている住民の退避を急がせた。

もちろん、今になって呼びかけたわけではない。沖縄本島や九州につてのある者で早々と脱出した者もいた。

政府は当座の避難所は保証すると約束していたものの、子供の学校や親の仕事はどうするのか、避難先ですんなりと今まで同様の暮らしができるとは思えないという、漠然とした不安は解消できなかった。

すなわち、避難先で生活基盤をあらたに構築する自信のない者は、結局切羽詰まるまで島内にとどまることを選択したのである。

これは太平洋戦争での沖縄戦とまったく同じ構図だった。

後世の歴史観では政府も軍もまったくの無策だったために、沖縄の地上戦には民間人多数が巻き込まれて、多くの犠牲を出したという印象が定着しているが、実は沖縄が次の戦場になる可能性が高いとして、前年の秋には政府と軍は北方への避難を呼びかけていたのである。

ただ呼びかけるだけでは実行力は伴わない。

衣食住の保証、教育や職をあてがわねば住民は動けない。

その教訓を生かせず、まったく同じ過ちを日本は繰りかえしてしまったのだった。

『くにさき』は宮古島に駐屯する宮古警備隊、第七高射特科群らに核ＥＭＰ攻撃で破壊された電子機器の代替品と食料、医薬品などの補給物資を届けにきたが、その帰途は民間人を退避させるという任務に従事していたのだった。

そして、『もがみ』はその護衛として、宮古島に同行していた。ＦＦＭという艦種は外洋作戦ではなく、沿岸を作戦行動範囲と想定して造られたものだが、総力戦となる以上、多少の無理は覚悟の上だ。

戦力的に大きく上まわる中国海軍に対抗するため、護衛艦隊は正面に配置して中国の水上艦隊と対峙しなければならない。

『もがみ』も後方支援という腹積もりでは、もはやいられない。

敵の攻撃型潜水艦はすでに周辺海域まで進出してきているかもしれない。ひそかに機雷が敷設されているかもしれない。

これも、民間船が犠牲になった太平洋戦争時の学童疎開船『対馬丸』、病院船『ぶえのすあいれす丸』らの悲劇を繰りかえすわけにはいかない。厳重警戒が必要だった。

敬礼する権藤らに、『くにさき』の艦長以下が答礼しているのが見えた。

次第に速力を上げて、『くにさき』は外洋へ向かっていく。

その先では、『もがみ』の同型艦である『くまの』が前路啓開にあたっている。

対潜哨戒のSH－60K哨戒ヘリコプターも、東西南北に忙しく飛びまわって、異常の早期発見に努めようとしている。

ああしているだけでも、敵を近寄らせない抑止効果はあるだろう。

「よし。うちも出るぞ」

「へい」

たしかに、そう聞こえたような気がした。時代劇がかったような声だったが、権藤はじめ誰一人として気にする様子はなかった。

それもそのはず、『もがみ』は乗組員が皆、権藤を慕ってまとまっていた。

もがみ型FFMは徹底的な自動化、省力化で、乗組員定数も同時期に建造された、まや型DDG（Guided Missile Destroyer　ミサイル駆逐艦）の三分の一以下の小世帯だったが、それがまた結束を高めていた。

他艦からは「権藤組」と呼ばれていたくらいだ。

「さあ、急ぎましょうや」

「微速前進」

艦首が海面を割って、『もがみ』は動きだした。

斜めに大胆にスライスした舷側が潮風を受けながし、特徴的な細い棒状のNORA－50複合通信空中線が天を睨む。

警戒しているのは対空、対水上、対潜、三方位だ。

「出港します」

「うむ」

権藤は眼前に広がる大洋を見おろした。

平時には青く澄んで見える美しい海面が、重い鉛色の海に見えた。

尖閣諸島をはじめ、海上保安庁の巡視船は撤収に入ったと聞いている。

もはや、事態は海上警備の枠をはるかに超えていた。


これは「紛れもない戦争」なのだ！

二〇二八年三月一日　東京

ＪＮＳＣ本部は逼迫感に満ちていた。

とっくに「戦時移行」は済ませていたつもりだが、実際に攻撃を受けて領土の一部が占領されたとなると、危機感は極限を超えてくる。

「那覇の復旧はまだなのか⁉　システムが駄目ならばマニュアルでもなんでもいい。敵は待ってくれんのだぞ！」

「空中給油機はフル稼働だ。新田原からでもいいから飛ばせ！　エアカバーがなければ戦えんのは誰でもわかるだろうが」

「千歳だけ別として、あとは全部戦闘機を西にまわせ。海自の配置は終わったのだな？」

防衛官僚の怒号が響き、制服組も一人三役くらいの勢いで対応に追われている。

首相浦部甚弥、防衛大臣美濃部敦彦らは、市ヶ谷の統合幕僚監部とオンラインで結び、報告を受けつつ、対処指示を出していた。

大型ディスプレイには沖縄本島から南西諸島、台湾までの地図が表示されていて、与那国島は赤く塗りつぶされている。

敵に占領されたとの意味だ。

「石垣島と宮古島のミサイル部隊はほとんどあてになりません。対空ミサイルを全弾撃ちつくしたところに攻撃を受け、七、八割が破壊され、地対艦ミサイルも計算できる数が残っておりません。

海自の輸送艦が向かったものの、焼け石に水という状態です」

「つまり、現地の陸自は無力化した。そういうことだな？」

「残念ですが」

美濃部の確認に、統幕議長相原武政《あいはらたけまさ》陸将が頭を下げた。

石垣島と宮古島に「×」のマークが灯る。

統合幕僚監部とは、陸海空自衛隊を一体的に統合運用する行政組織を指す。諸外国で言う統合参謀本部と言ってもいい。その最高責任者が統合幕僚長である。

ただし、シビリアン・コントロール――文民統制が敷かれている日本では、自衛隊の最高指揮官は首相であって、統幕長はそのアドバイザーという位置づけである。

相原に促された運用部の引地《ひきじ》蓮二《れんじ》等海佐が説明する。実直な官僚風で、文官としても違和感がなさそうな男だった。

「中国海軍はエリア別に三つに分けて艦隊を運用しております。台湾を担当するのは東海艦隊でありますが、青島に司令部を置く北海艦隊と湛江《チャンジャン》に司令部を置く南海艦隊も、今回の作戦には加わっております。主力は台湾周辺で行動しております」

電子地図上に艦隊を示す輝点が灯った。

「問題はこれです」

東シナ海にぽつりと離れた輝点があった。

航路が表示され、黄海から南下して分派された艦隊であることがわかる。

「北海艦隊の別動隊か」

美濃部がうめいた。

予想針路が点線で示される。

「先島諸島へ一直線じゃないか」

浦部が声を大にして、頬を引きつらせた。

「当然、米軍も把握しているな？」

「はっ」

美濃部の確認に、引地は額を倒した。

「我々はこの目的が、陽動と日米の戦力分断にあると考えております。米軍も同じ考えのようです」

「とはいえ、我が国として看過できるものではないぞ。断じてな」

語気を強める浦部に、全員がうなずいた。

「すでに海自の自衛艦隊が向かっております。半日以内に交戦範囲に入ります」

「我が国としては、とうてい見過ごすことなどできない。だが、米軍の支援は望めない、か」

「やるしかありません。ここは当事者とて避けられない戦いでもあります。我々も覚悟を決めねばなりません」

美濃部の言葉に、浦部は深い息を吐いた。

第二次大戦後、八〇年以上にわたって平和を享受してきた日本が、大きな転機を迎えた。

躊躇している暇はない。トップの動揺や迷いは、全体に影響する。

深田の心配そうな目、決断を促そうという美濃部と半田の目。視線が浦部に集中する。

「(腹をくくるしかない)責任はすべて私がとる。全力を尽くしてくれ」

浦部は明確に言いきった。

二〇二八年三月二日　東シナ海

海上の戦いと比べて、空の戦いは広範囲でスピーディーである。

交戦の口火を切ったのは、航空優勢獲得を任務とした第三〇二飛行隊だった。

邀撃戦のため、時間帯を選ぶことなどできない。夜間襲撃としたいところだが、昼間の襲撃を強いられた。

須永春斗一等空尉と山岡利喜弥二等空尉は、ロッキード・マーチンF－35AライトニングⅡを飛ばしつつ、その渦中にあった。

(特別なことをする必要はない)

須永は呼吸を整えた。

台湾有事は日本有事。ついに、中国との戦争が始まった。

須永に限らず、陸海空すべての自衛官が初陣である。不安や焦りを覚える者も少なくないだろう。それが招く迷いは、判断を鈍らせ、命を危険に晒すことになる。

(わかっているよ)

距離はあるが、並走する沢江羽留飛《はると》一等空尉機が目に入った。

漢字こそ違うが、「はると」という同じ名前を持ち、家族持ちであることも同じ、同期の枠を超えた親友である。「気負うなよ」という出撃直前にかけられた言葉と、凹凸の少ない丸顔が脳裏に蘇った。

人一倍責任感の強い須永を知るからのことである。実戦への漠然とした恐怖や不安ではなく、責任感ゆえに「俺が、俺が」と気負って空回りしないようにという沢江なりのアドバイスだった。

（貴様もな。きっちりと任務をこなして、お互い家族のもとに帰ろうじゃないか）

須永には幼い娘が、沢江には幼い息子がいる。妻とともに送りだしてくれた、その屈託のない笑顔を曇らせるわけにはいかない。

「マザーズ・アイより各機」

ＡＷＡＣＳ（Ａｉｒｂｏｒｎｅ　Ｗａｒｎｉｎｇ　ａｎｄ　Ｃｏｎｔｒｏｌ　Ｓｙｓｔｅｍ　早期警戒管制機）からの連絡だ。

陸戦や海戦と同様に、空戦も情報が作戦の成否を握ることに変わりはない。

ＡＷＡＣＳはその要である。

広大な範囲を索敵して、脅威が存在するかどうかを確認する。脅威が存在したとすれば、その度合いを判定し、対処の優先度を決定して指示を出す。

ＡＷＡＣＳがいるかどうか。情報の質が空戦の展開を大きく左右するのは間違いない。

空軍戦力の有効性は戦闘機や爆撃機の数では決まらず、ＡＷＡＣＳの質と数で決まると言っても過言ではない。

その点で、航空自衛隊は中国空軍に対してアドバンテージがあるとみていた。

「敵機は艦隊前方に展開している。機数一二」

（一二機？）

少ないなと須永は率直に思った。

主力を台湾方面に振りむけているとはいえ、中国軍の強みはなんといっても「数」だ。それは近代化が著しく進んだ今でも変わらない。

空自の関係者が羨むほどの機数を持つ中国空軍ならば、いくらでもかき集められそうなものだと思ったのだが……。

「敵はＪ－11。繰りかえす。敵はＪ－11」

（やはり、そうか）

そこで、須永は納得した。

中国空軍の主力戦闘機はステルス大型戦闘機Ｊ－20を筆頭に、艦載機を兼ねるステルス機Ｊ－35、ロシアのスホーイＳｕ－27をコピーしたところから始まったＪ－11、そして開発にイスラエルが極秘に協力したと囁かれているＪ－10の四機種である。

このうち、数的に主力となるのが、第四世代機のＪ－11とＪ－10なのだが、Ｊ－10は作戦行動半径が五〇〇キロメートルに満たず、大陸を飛びたった場合に、台湾はともかく沖縄方面での活動は困難との見方があった。

どうやら、それは遠からず正しかったようだ。

須永の瞼の裏で、単発無尾翼デルタのＪ－10が、前傾した機首と双垂直尾翼を持つ双発のＪ－11に代わった。

Ｊ－11は原型機であるＳｕ－27譲りの、運動性能に秀でた機である。

空気力学的に洗練された機体形状とカナード翼、推力偏向ノズルらで、アクロバティックな機動を実現する。

機首を垂直付近まで持ちあげつつ、空中移動するコブラ機動は、ほかの戦闘機では真似のできない芸当である。

しかし、それもこれも格闘戦で真価を発揮する性能である。

（悪いが、そちらの土俵で戦うつもりはないのでな）

須永は有効な戦い方というものを心得ていた。WVR（Within Visual Range　視程内）戦に持ち込まれさえしなければ、J－11は卓越した運動性能を発揮することすらできない。脅威が脅威となる前に、BVR（Beyond Visual Range　視程外）戦でかたをつける。

こちらが敵に発見された兆候はない。

エッジマネージメントされた各部、RAM（Radar Absorbent Material　レーダー波吸収素材）コーティング、熱源遮蔽……それらが敵の索敵手段による捕捉を払いのけている。

これこそがステルスという自分たちの長所を生かしたうえで、相手の長所を消す最良の戦い方だった。

先制発見、先制攻撃、先制撃破の具現化である。

さらに、そこで効率性と精度も追求する。

AWACSから戦術データが送られ、MADL（Multifunction Advanced Data Link　発展型多機能データリンク）で全機共有する。

このネットワーク的な空戦をこなせるのが、空自の強みである。

最小の負荷とリスクで、最大の戦果を得る効率的で最適といえる空戦をやってのける。

姿は見えないが、この先に敵は必ずいる！

「ターゲット・ロック。アクティブ！」

ロック・オンもAWACSからの情報で可能である。

ヘルメットのバイザー上の戦術画面で、目標を示す四角い枠――ターゲット・ボックスの下に射程内判定表示の三角マークが現れている。

「ローンチドゥ・ミィサァル（ミサイル発射）」

胴体下部のウェポンベイを開き、圧搾空気を使ってMRM（Medium Range Missile　中距離空対空ミサイル）を押しだす。

点火したMRM－AIM－120　AMRAAM（Advanced Medium Range Air to Air Missile）が目標へ向かって加速する。

山岡らほかの者たちも、同様にMRMを放った。

全長三・六五メートル、直径〇・一八メートル、重量一五一キログラムのAIM－120　AMRAAMが連なって蒼空を突きすすむ。

「ブレイク・アウェイ（離脱する）」

「ラジャー」

追撃の必要性があるかどうかはわからないが、直進して敵と遭遇するリスクを避けるため、いったん距離をとる。

先に反転した沢江機が目に入った。

視認できるはずもないのだが、傾きながらこちらを向くコクピットのなかで、沢江が「作戦成功」と親指を立てているのが見えたような気がした。

第四世代機と第五世代機との間には、埋めようのない差があるということを如実に示した戦いだった。

「毎回こうだといいのだが」と思いつつも、「そうそううまくいくはずがない」と現実は甘くない と気を引きしめる須永だった。

仮にこの攻撃がうまくいったとしても、同じ手が何度も通用するはずがない。一度痛い目に遭わせられた敵は、必ずその対策をうって、次に臨んでくるに決まっているからだ。

敵にも第五世代機は存在する。それと遭遇したときに、どれだけのことができるか。

それ以前に、航空優勢がとれたとしても、敵艦隊を撃退できなければ意味がない。

もしかすると、自分たちも爆装して再出撃するよう命じられる……という展開も考えられる。

(ここはすでに戦場なのだ！)

須永の胸中には、安堵も緩みもいっさいなかった。

ディスプレイの片隅に貼りつけた、愛する家族の写真を一瞥して、須永は機体を翻《ひるがえ》した。

戦いはまだ始まったばかりだった。

速報として届けられた「吉報」に、JNSC（Japan National Security Council 日本国家安全保障会議）本部は歓声に沸いていた。

メイン・ディスプレイに表示された電子地図上に「敵戦闘機撃退」とのテロップが流れ、先島諸島北方にあった輝点が点滅した後、消滅する。

「さすが我が空自の精鋭たちだ」

官房長官半田恒造が誇らしげに目を輝かせれば、外務大臣深沢純は涙目だった目をこすりながら、幾度も大きくうなずいた。

覚悟はしていたものの、いざ実戦となって、分厚い黒雲が立ち込めていた室内に、明るい日差しが射し込んだかのようだった。

ただ、これは緒戦の勝利にすぎないことを、防衛大臣美濃部敦彦は理解していた。

美濃部は閣僚でありながらも、防大卒で安全保障に関する知識や認識は政治家としては群を抜いている。

たしかに勝利は喜ばしいが、一喜一憂する場面ではないと、美濃部は考えていた。

「中国軍など恐れるに足らずだ。なあ、防衛大臣」

勇ましく声をかける半田だったが、美濃部の答えは冷静だった。

「問題はこれからです。敵艦隊を撃退できねば、作戦は成功とは言えません」

「攻撃隊、突撃します」

再び皆の目がメイン・ディスプレイに集中した。

新たな輝点が南下していく。

敵のエアカバーが取りのぞかれたので、爆装した三菱F－2戦闘機が対艦攻撃に向かったのだ。

F－2戦闘機は二〇〇六年に退役したF－1支援戦闘機の後継機として日米共同で開発された多用途戦闘機である。

ロッキード・マーチンF－16ファイティング・ファルコンをベースに改造、拡大、発展させた機であるが、世界初のアクティブ・フェイズド・アレイ・レーダーを搭載するなど日本独自の技術も盛り込まれ、特に対艦兵装と航続力の増大をはかっているのが特徴である。

四方を海に囲まれた日本らしい要求と言えよう。

だが、那覇基地が核EMP攻撃の影響を受けたため、出撃したのが一〇機足らずと少ないのが、美濃部は気になった。

昔の中国艦隊ならばともかく、近代化された今の中国艦隊は、防空能力もけっして低くはない。

攻撃隊と中国艦隊の輝点が徐々に近づく。

「空襲成功！」「敵艦複数を撃沈」「敵艦隊、後退していきます」――こんな報告を待ちわびる面々だったが、朗報はいつまで経っても届かなかった。

　なぜなら……。


　昆明級駆逐艦の二五番艦『麗水』航海長王 振麟《ワンジョーリン》少佐は、眼光鋭く周辺海面に目配りしていた。

　昆明級駆逐艦は中国版イージス駆逐艦の第二世代にあたる艦である。大きさとしては海自のこんごう型ＤＤＧに近い全長一六一メートル、全幅一七・二メートル、満載排水量七五〇〇トンの艦体に、３４６Ａ型フェイズド・アレイ・レーダー「ドラゴン・アイ」を八角形の艦橋構造物の四面に貼りつけ、艦体後部には広域捜索用の巨大なアンテナが特徴的な５１８型レーダーも積載している。

　兵装はＨＨＱ－９Ｂ　ＳＡＭ（Ｓｕｒｆａｃｅ　ｔｏ　Ａｉｒ　Ｍｉｓｓｉｌｅ　艦対空ミサイル）、ＣＪ－10ＳＬＣＭ（Ｓｅａ－Ｌａｕｎｃｈｅｄ　Ｃｒｕｉｓｅ　Ｍｉｓｓｉｌｅ　海洋発射巡航ミサイル）、ＹＪ－18Ａ　ＳＳＭ（Ｓｕｒｆａｃｅ　ｔｏ　Ｓｕｒｆａｃｅ　Ｍｉｓｓｉｌｅ　艦対艦ミサイル）、ＹＵ－８ＳＵＭ（Ｓｕｒｆａｃｅ　ｔｏ　Ｕｎｄｅｒｗａｔｅｒ　Ｍｉｓｓｉｌｅ　艦対潜ミサイル）ら各種ミサイルをＧＪＢ５８６０－２００６型ＶＬＳ（Ｖｅｒｔｉｃａｌ　Ｌａｕｎｃｈ　Ｓｙｓｔｅｍ　垂直発射機構）六四セル内に備えており、広域防空艦ともいえる仕上がりとなっている。
　ネットワークもＪＳＩＤＬＳ、無人機管制用指向性レーザーデータリンクを備えていて近代的である。

艦容はステルス性を意識した直線基調のもので、こんごう型ＤＤＧと比べると艦橋構造物が小さく、前後に長い印象を与えてくる。

　西側の洗練されたデザインに、中国独自の要求を採りいれた独特の艦容が、東シナ海で存在感を発する。

　この『麗水』の航海計画の立案と遂行に責任を持つのが、王の役割といえる。艦長らは電子機器を集中させた艦内の戦闘指揮所に移動したが、王の持ち場は航海艦橋で変わりはない。

　航海長という立場は、戦闘時であれば対空よりも対潜のほうが役割の重要度は高い。

　大戦時の自由落下爆弾や航空魚雷であれば、操艦による回避も現実的だったが、高い誘導精度を誇るＡＳＭ（Ａｉｒ　ｔｏ　Ｓｕｒｆａｃｅ　Ｍｉｓｓｉｌｅ　空対地ミサイル）は、艦をどう動かそうと逃れられるものではない。

　対抗手段はＳＡＭや機関砲による直接撃破の火器に限られる。

　潜水艦による魚雷もアクティブ、パッシブ、有線、様々な誘導方式で追ってくるため、操艦だけで切りぬけられるものではないが、対抗手段を発するにしても、防空よりはまだ「お手あげ」ではないと思う。

　航跡を追ってくるタイプの魚雷ならば停止して、その間に誤爆させるなどもできるはずだと、王は考えていた。

　ただ、今のところ敵潜水艦が接近している兆候はない。

　さし迫った脅威は敵の空襲である。

（日本人も必死か）

　王に必要以上の反日感情はない。ただ、愛国心や軍人としての忠誠心から、命令には忠実で疑問を挟む余地はないというのが、王の考えだった。

そういう意味では、王は個人の感情や政治的信条を排した、古き良き軍人であると言える。

だから、王はここにいる。

台湾統一という国の悲願を達成するため、指導部は武力行使を選択した。武力によって、有無を言わさず併合する。

反抗する台湾軍やそれに加担する勢力があれば排除するのが、自分たち人民解放軍の役割だと、王は自分自身納得のうえで軍務に精励していた。

（邪魔をするならば、消えてもらうしかない）

『麗水』の防空能力は個艦防空ではなく、艦隊防空におよぶものである。

「敵ＡＳＭ接近」

「対空防御！」

艦長の命令でＶＬＳの扉が開き、迎撃のＳＡＭが次々と飛翔していく。

甲板上は発射炎で大火に覆われたかの惨状に一瞬見えるが、もちろん問題はない。

無傷だ。

すぐにＳＡＭは蒼空の一点となって消えていく。

見た目ではまったくわからないが、レーダーの情報とＣＰＵの解析によって、ＳＡＭは割りあてられたそれぞれの目標に向かっていったはずだった。

緊張に手に汗握るときだが、艦隊はかまわず南下を続ける。

敵からすれば、さぞかしふてぶてしい態度だろう。

空母の帯同もなく、一〇隻そこそこと数も少ないが、南昌級の超大型駆逐艦を含む陣容は悪くない。

日本の艦隊や、前線を脅かす程度の任務には十分だ。

王も『麗水』の針路をしっかりと命じて固定する。

巡航時のディーゼル機関に代わって、最大出力七万六〇〇〇馬力を発揮するガスタービンが、二軸のスクリュープロペラをまわす。鋭角的な艦首は凌波性よく海面を切りさき、白濁した艦首波が大きく二面に分けられた舷側を伝って砕けていく。

艦隊の一翼を担って、『麗水』は堂々と進む。

しばらくして、彼方に二、三の閃光が見えた……ような気がした。

「着弾しました」

航海士姚《ヤオ》明《ミン》中尉が報告した。

そのとおり、迎撃のＳＡＭが敵のＡＳＭを捕えたのである。

ただ、何事にも完璧はない。わずかな計算ミスや気象の変化、偶然のいたずらによって、撃ちもらしも出るものだ。

「残弾、来ます！」

うち一発が『麗水』にも迫ってくる。

「あれか」

航海艦橋の外に広がる視野の片隅に、猛進してくる敵のＡＳＭが入ってきた。速度が速いため、まばたきしている間に、倍もその倍にも膨らんでくる印象である。

けたたましい警報が艦内に鳴りひびき、赤色灯が回転する。

「総員、衝撃に備え！」

艦長の怒号がスピーカーから響く。

王は両目を大きく見開いた。

ＡＳＭが突っ込んでくる。

「ぶつかる！」と目を逸らす部下も少なくなかったが、王は両目を見据えて動かなかった。

刹那、濃密で真っ赤な火箭が上空に突きあがった。

最終防衛手段とでも言うべき、1130型H／PJ－11CIWS（Close In Weapon System　近接対空防御火器）が迎撃射撃を始めたのだ。

これは口径三〇ミリの一一銃身ガトリング型機銃である。有効射距離は三〇〇〇メートル、発射速度はアメリカ海軍のファランクス二〇ミリCIWSの毎分四五〇〇発を大きく凌ぐ毎分一〇〇〇〇発と強烈である。

鞭のようにしなった火箭が、ASMの針路に交錯していく。

「むっ」

王は反射的に左手で両目を遮った。

見えたのは艦上にあがる命中の爆炎ではなく、空中で撃破されたASMが発した断末魔の閃光だった。

もちろん、艦は無傷で木端微塵となったASMの破片が海面を叩いただけだ。

「それでいい」

王は薄い笑みを見せた。姚も安堵の息を吐いて続く。

命中までは時間にして一〇秒もなかったかもしれないが、最終の防御火器はきっちりとその役割を果たした。

見渡したところ、『麗水』だけではなく、全艦無事のようだ。

被弾炎上したり、黒煙をあげながら傾いたり、している艦は一隻もない。

電子妨害やSAMをすり抜けてきたASMも、三〇ミリ弾の火網ですべて絡めとった。

敵の空襲は完璧に凌ぎきったのである。

「今度はこちらの番だ」

王は南東の水平線に向かってつぶやいた。

序盤の空戦で敗れたため、航空優勢の獲得には失敗しており、長距離爆撃機を使っての空襲はできないものの、それならそれで手段はほかにもある。

「我々の進撃は止まらない」

王は傲然と胸を反らせた。

二〇二八年三月二日　東シナ海

昼間の陸上発進戦闘機による航空優勢獲得争い、陸上発進機による中国艦隊への空襲と、後に東シナ海海戦と呼ばれることになる日中の海戦は、日没近くになっても、勝敗がつかぬまま五月雨式に続いていた。

東シナ海を南下する中国艦隊に、先島諸島沖でそれを迎えうとうとする自衛艦隊、それに沖縄本島方面や大陸から飛来する日中の航空機という構図である。

自衛艦隊はDDH（Ｈｅｌｉｃｏｐｔｅｒ　Ｄｅｓｔｒｏｙｅｒ　ヘリコプター搭載護衛艦）『いずも』『かが』を中心に、イージス艦四隻を含む一〇隻の護衛艦と三隻の潜水艦が守る打撃群を形成している。

海上自衛隊が持つ虎の子の艦隊と言っていい。

DDH『いずも』のFIC（Ｆｌａｇ　Ｉｎｆｏｒｍａｔｉｏｎ　Ｃｅｎｔｅｒ　司令部用作戦室）では、艦長大門慎之介一等海佐が状況の再確認と予想される今後の展開について、砲雷長らと意見を交わしていた。

そこに割って入ったのが、第五航空団飛行群司令与謝野萌一等空佐である。

「我々はとっくに準備できていますが」

出撃を催促するような与謝野に、周囲にいた『いずも』のクルーがきょとんとした目を向ける。

角刈り、レイバンのナス型サングラスという、近寄りがたい風貌である大門は、部下が黙ってついてくるタイプの男である。

求心力がある反面、気安く声をかけられないオーラを放っている。そこをいっさい物怖じせず、しかも女性の与謝野が話を遮って意見するのは、大門の部下から見れば、ちょっとした衝撃だった。

「那覇からの空襲が失敗に終わったならば、なおさら休む間もなくたたみかけるべきと思いますが」

「自分もそう思いますが、自分の権限はこの艦までしかおよびません。上位の指示がない以上、航空隊を独断で発艦させるわけにはまいりません」

（昼間の空襲が失敗したために、あたふたしているとは思いたくないが）

与謝野はロッキード・マーチンF－35BライトニングⅡを装備した二個飛行隊を『いずも』『かが』に展開させている。

ステルス機という特性を生かすためにも、近距離での交戦は避けるべきと考えていた。

よって、時間の経過は敵を利することになる。

「ある程度、現場にも裁量があるのでは？　それは海自でもいっしょでしょう？」

「それは否定しませんが、市ヶ谷や横須賀にもはっきりと連絡がつき、情報が共有できている以上、今がそういう場面とは考えられません。第一、艦隊の指揮権限は別にありますし」

（なかなかまっとうなことを言う）

サングラスの裏にある表情は窺えなかったが、与謝野は大門が意外に堅物だと悟った。

熱気に押されて、せめて指揮官に具申を――実質的な催促でも口走るかと期待していたが、そうはいかなかったようだ。

「それに……」

大門は重要なことを口にした。

「敵の防空網は完璧に機能しています。自分たちのイージス艦に近い能力を備えていると見る必要があります。なんらかの打開策なしに飛び込んでも、戦果は期待できないでしょう」

「………」

そのとおりだった。

所要に満たぬ兵力の逐次投入は、厳に戒めねばならない。

F－2の空襲が不発に終わったことから、敵の防空艦はかなりの能力を持つと見ねばならない。

それをかいくぐるには、処理の限界を超える飽和攻撃を仕掛けるか、防空システムを破壊するか、のいずれかが必要だ。

空自の有人機をかき集めろというのは無理がある。それができるなら、あんな少数のF－2で空襲をかけたりはしない。

そこで、大門は意外な案を口にした。

「タイミングを合わせるのが難しいのと、交戦距離が近くなるのがネックでしょうが、艦隊のSSMと呼応した航空作戦はどうかと、上にあげてみました」

（その手があったか）

与謝野は目をしばたたいた。

空襲といえば航空機の役割と固定観念に縛られていたが、艦対艦のSSMに空中発射のASMを重ねれば数は増やせる。

ただ、演習でもやったことがない、ぶっつけ本番になることと、現実的に空襲のタイミングを合わせるのは、想像以上に難しいだろう。

「米軍にＵＡＶ（Ｕｎｍａｎｎｅｄ　Ａｅｒｉａｌ　Ｖｅｈｉｃｌｅ　無人航空機）供与を申しいれるよう打診します」

与謝野も一考を案じた。

アメリカ軍の支援は期待できないとされていたが、ＵＡＶなら話は別だ。海兵隊のでも陸軍のでもいい。

ＵＡＶを囮としつつ、Ｆ－35Ｂがそれに紛れて空襲をかけられれば勝機もある。

「それはいい手ですね。ただ、時間がかかるかもしれません。それまでの攻撃は凌ぐしかないでしょうが」

そう、敵もやられっぱなしでいるはずがない。

「『みょうこう』の網内艦長からです」

「つないでくれ」

「はっ。つなぎます」

モニターの映像が『みょうこう』のＣＩＣ（Ｃｏｍｂａｔ　Ｉｎｆｏｒｍａｔｉｏｎ　Ｃｅｎｔｅｒ　戦闘情報管制センター）に切りかわった。

大門と同い年の網内勇征一等海佐の顔が映しだされる。いつもの眉間を狭めた難しい顔である。

「対艦攻撃だがな。いや、あとだ」

網内との会話は、すぐに強制的に打ちきられた。

「空襲だ。近いぞ。話はあとだ。仕方ねえな。そっちは下がっていろ」

敵は意外な方向からやってきた。

空襲のアラートがけたたましく鳴った。

『みょうこう』をはじめとして防空戦闘に従事する艦は、ただちに対処行動に移った。

「対空戦闘用意！　配置に就け」

一〇〇機超の敵機が忽然と現れた。

しかも、至近距離にだ。

艦隊の防空処理能力からすれば、一〇〇機の目標をさばくのは不可能ではない。

イージス・システム一基で一〇〇から二〇〇の目標を追跡して、同時に一〇から三〇の目標に向けてSAMを誘導できる。

ここで数字が一定していないのは、目標の速度や距離によって捕捉の難易度が違ってくるためである。

それが四基で八〇とする。残り二〇をイージス艦以外の六隻の護衛艦が個艦防空で対処するとともに、最後の砦となるCIWSで残目標を一掃する。

「与那国から飛ばしたのだろうな。ドローンの大群だろう」

「ですね。そうでないと説明がつきません。有人機が滑走路もないところから、突如現れるなど、ありえませんし」

網内の予測に、砲雷長松木雄佐夢《まつきゆさむ》二等海佐が同意した。

敵が与那国を奪ってから、一週間あまり。この間に運び込むのは不可能ではないとはいえ、鮮やかすぎる。

敵はこうした作戦の流れをあらかじめ想定したうえで、占領と同時に持ち込みはじめたのだろう。

「敵は想像以上にしたたかです。心してかかりませんと」

「用意周到、確信的計画犯というやつだ。なに、これしきのこと、すぐに跳ねかえしてやるだけだ」

「そうですね」

「こうなると、『いずも』『かが』はお荷物なだけだな。図体がでかくて、いい目標になるわりに、自分の身すら守れん」

そこで、報告が相次ぐ。

「戦術データリンク確立」

「目標捕捉。ターゲット、ロック」

もちろん、これだけの数をこなすのは、アナログ的に人がやる仕事ではない。ＣＰＵが脅威度の判定を行い、撃破すべき目標の優先順位を決める。艦隊全体をひとつの単位として、各艦に目標を割りふり、一体的に迎撃行動に移る。

『みょうこう』はその中心的役割を果たすべき艦である。

「スタート・オブ・インターセプション（迎撃開始）」

「スタート・オブ・インターセプション」

網内の指示を受けて、松木が命じた。

後甲板に埋め込まれたＶＬＳの扉が開き、スタンダードＳＭ－２ミサイルが白煙を残して、いっせいに飛びだしていく。

第二次大戦時と比べれば、兵装の射程延伸と、より効果的な相互支援を可能とするために、艦と艦との距離が開き、濃密なミサイル網というわけではないものの、それでも艦隊全体で一〇〇発超のＳＡＭが撃ちあげられる様は壮観だった。

東シナ海で日中の火槍が交錯する。

レーダーは確実にその軌跡を追っている。

ディスプレイ上で彼我の輝点が、まるで惹かれあうかのように近づいていく。

命中までの予測時間を示すデジタル数字が、刻々と小さくなっていく。

松木らは、それを注視する。

「三、二、一、〇！」

その瞬間、彼我の輝点が次々と消滅した。

が……。

網内は片眉をぴくりと跳ねあげて、松木を一瞥した。

この一撃で脅威を一掃できないのはわかっていたが、それにしても残数が多すぎた。

おそらく命中率は八割を割り込んだに違いない。もちろん、期待以下の数値である。

（密集した空間で爆発に巻き込まれた誘爆が多発したか。あるいは……）

目標の追跡とＳＡＭの誘導そのものが失敗したとは考えにくいが、原因追求は後でいい。

「ファイア！」

『みょうこう』は追撃のＳＡＭを放った。同時に最終防御となるＣＩＷＳもスタンバイとする。

「来ます！」

モニターが光学映像に切りかわった。

ズーム・アップされた目標が、不鮮明ながらも映しだされる。

やはり、ＳＳＭではなくドローンだった。

大量の自爆ドローンが襲来したのだ。

モニターが閃光とともにホワイトアウトした。第二波として送り込んだＳＡＭがドローンに命中したのだ。

「これでは」

網内は苦々しく息を吐いた。

安価なドローンを高価なＳＡＭで撃ちおとすのは、コスト的にはまったくわりにあわない。

かといって、ＣＩＷＳで撃ちもらさずに撃墜できるかとなると保証はない。

敵の狙いに、まんまとはまっているのが気に入らなかった。

「対レーダー・ドローンのようです。ＡＳＮ－３

01でしょう」

松木の予想は当たっていた。

ASN－301とは、パッシブ・レーダー・シーカーを備えたイスラエルの無人攻撃機ハーピーをコピーした中国軍の使い捨てUAVである。

敵の狙いは正確なように見えた。

単に手当たり次第にぶつかってくる低次元なドローンではない。

目標が発するレーダー波を辿って向かっていくタイプのドローンと思っていい。

「小癪な」

網内は歯噛みした。

敵の用意は周到だ。何年もかけて練りに練ってきた作戦を実行に移したのだろう。

悔しいかな。それは今のところ、まずまず失敗せずに進んでいる。


「『いずも』『かが』は優先護衛対象だ。いいな」

舌打ちまじりに網内は命じた。あらかじめ周知してあったことの念押しだったが、心の奥底では承服しがたかった。

戦術的には理解できるが、心情的には納得できないということだ。

自分がその艦長に届かなかったDDH、しかもそこに座るのが「格下」と見る大門と思うと、網内の胸中は穏やかではなかったのだった。

ただ、網内も実戦で個人の感情を前面に出すほど愚かな男ではなかった。

「戦場」が近づいてくるのがCICにいてもわかった。

爆発の轟音がわずかながらも耳に届き、衝撃がうっすらと足元に伝わってくるような気がした。

光学映像も切迫した様子に代わってきている。

入れ代わり立ち代わり閃光が空間を引きさき、炎が大気を焦がす。

ドローンは、ひとつ落としてもふたつ落としても、後続が代役を務めて襲ってくる。

『いずも』へ向かった一機を『みょうこう』が撃退した。

大型のアイランドに向かって、大量の火の粉と破片が落ちていくが、飛行甲板は無傷なはずだ。

『かが』に向かった一機も、『みょうこう』が直前で叩きおとす。

これは『かが』の手前に派手な飛沫をあげて消える。

ただ、何事も完璧は難しい。

「『はるさめ』被弾!」

「『まきなみ』被弾!」

DD（汎用護衛艦）二隻がドローンの体当たり自爆を受けたとの報告が入る。

特に対空戦闘の備えが貧弱という二隻ではないが、艦齢二〇年から三〇年の旧式艦では、敵の最新装備には対応が不十分なことは否めない。

自爆ドローンに飛び込まれたにしても、一機や二機で四五〇〇トンクラスの艦が沈むことはないが、戦列を離れられるのは痛い。

敵もこの攻撃で艦隊そのものの撃退までは期待していないはずだ。じわじわと体力を削って、後の航空戦や水上戦を有利にしようという腹積もりだろう。

光学映像が、今度は鮮紅一色に染まる。爆発音の酷さに、スピーカーの音はカットされたようだ。

それでも、生の音がCICに伝わってくる。

自艦に向かってきたドローンを、CIWSが紙一重のところで撃墜したらしい。

続いて、もう一機来る。今度はさらに近い。

轟音が直接CICへも伝わり、はっきりとした衝撃も感じられた。

基準排水量七二五〇トンの艦体も、右に傾いたような気がした。

艦内のCICからはわからないが、艦上はさぞかし緊迫した場面になっていたことだろう。

爆発の炎が艦上構造物をあぶり、残骸が甲板や海面を叩く。艦上に人がいれば、鋭利な破片がそれらを殺傷したかもしれない。

だが、『みょうこう』は何事もなかったかのように、褐色の煙を振りはらって進む。

最大出力一〇万馬力のLM2500ガスタービン四基が五翅二軸のスクリュープロペラを回し、全長一六一メートル、全幅二一メートルの艦体を押しすすめる。


アメリカのアーレイバーク級イージス駆逐艦に倣って建艦設計されつつも、旗艦設備の追加で大型化した艦橋構造物や、その前に設置された単装速射砲塔が、ちぎれとぶ飛沫に濡れ、二基の煙突からはうっすらと排煙が曳かれる。

「被害なし。直前で命中を阻止しました」

「よし」

網内は「どんなものだ」と、口端を吊りあげた。

ASN－301の来襲は、そこで終わった。

光学映像は『いずも』『かが』の健在な姿を映している。

火災の炎はおろか、煙ひとつ引きずっていない。

艦首と艦尾にあがる波を見れば、速力の衰えがないのも明らかだ。

『みょうこう』単独の戦果ではないが、『いずも』『かが』を守りきったのはたしかだ。

そこで、部下たちにも笑顔が戻った。

「(よっ) しゃあ」

網内も松木と拳を突きあわせて、健闘をたたえ合う。

けっして楽な展開ではなかったが、『みょうこう』は持てる力を存分に発揮して、敵の目論見を打ちくだいていた。

それは誇っていい。

「大門よ。俺は俺の果たすべき役割をきっちりと果たしてみせた。次は貴様の番だ」

網内は頭のなかで、大門に向けてバトンを放りなげていた。

夜を徹しての戦いだった。

闇将軍がやってきたが、艦隊は精力的に動きつづけていた。


レーダー・ドローンの猛攻を凌いで、反撃に転ずる。手段はいよいよ『いずも』『かが』からの艦載機となる。

「発艦用意!」

第五航空団飛行群司令与謝野萌一等空佐は、声を張りあげた。

与謝野の配下にある第五〇一飛行隊が『いずも』から、第五〇二飛行隊が『かが』から発艦する。

出撃すべきと具申していたのが、ようやく実現の運びとなったものの、与謝野には一抹の不安があった。

与謝野が出撃を急がせていたのは、波状攻撃をかけて敵に対処の余裕を与えないようにするためだった。

それが半日近くも遅れてしまったので、すでに機は逸した感がある。

要請していたアメリカ軍からのＵＡＶ供与も実現しなかった。

『いずも』艦長大門慎之介一等海佐が具申したＳＳＭとの同時攻撃も、あまりに突飛で投機的すぎるとして却下された。

もちろん、上も無策で送りだすつもりはなく、那覇から電子戦機を飛ばして、それで敵の邀撃能力を削ぐと伝えてきた。そこに、ステルス機で固めた二個飛行隊が飛び込めば勝機があるとの目論見である。

果たして、その狙いどおりにいくかどうか。

疑問に思っても、与謝野にその進行是非を決定する権限はない。作戦は決行あるのみだ。

与謝野に求められるのは、作戦をいかにうまく進めるかの運用への責任と成功の確率を上げるための戦術判断である。


そこで、与謝野はまず全機爆装で出すことを決めた。

敵が航空優勢を奪いかえそうと、新たな戦闘機を呼びよせている可能性もあるが、そこで空対空戦闘に特化させた制空戦闘機を別に用意している数的余裕はない。

もし、敵の戦闘機がいたにしても、そこはステルス性で逃れると決めた。

投入機数は艦隊直衛に残す以外の稼働全機、計二四機とした。

第二波は考えない。戦力の小出しはしない。

最新の戦訓もみての、与謝野の判断だった。

「発艦、はじめ！」

夜陰を衝いて、ロッキード・マーチンＦ－35Ｂライトニング II が一機、また一機と『いずも』の甲板を蹴って海上に飛びだす。

堂島樹莉、村山はなの二人も、その列にあった。

黄色のベストを着用したダイレクター（誘導員）の指示に従う。

ダイレクターが、右腕をぐるぐると回した。

エンジン始動、回転を上げる。

次にダイレクターが左手で肘を摑みながら、右腕を大袈裟に回した。全動翼チェックの指示だ。

全遊動式の水平尾翼をばたばたと動かす。次いで、フラップの上下動作も確認する。

前進、移動する。ダイレクターが右腕を横に伸ばし、左腕を後ろに引いている。左旋回の指示だ。機首を左へと向けて、発艦位置につく。

異常なし。機械系、電気系とも問題ない。

正面の液晶画面にも警告やチェックを促す表示はいっさいない。

オールグリーン。

「リフトファン、ドアオープン。ロールポストよし」

ほかに補助空気取り入れ口扉とエンジン・ノズル下パネルも開き、機体をＳＴＯＶＬモードにセットする。

堂島は肘を曲げて拳をあげ、親指を立てた。それをすぐに振りおろして、今度は五指を伸ばして額にあてる。

「機体の状態問題なし。発艦いきましょう」との合図だ。

主翼を避けるため、ダイレクターが屈み込む。万一ひっかけでもしたら、命にすら関わる。

「Ｇｏ！」

最後の指示は、左腕を腰の後ろにあて、二本指を伸ばした右腕を前方に大きく差しだす。

「発艦よし」の指示だ。

アフターバーナーなしの最大出力にエンジン回転を上げる。プラット＆ホイットニーＦ－１３５－ＰＷ－一〇〇エンジンの甲高いうなりが、甲板上に響く。

堂島は滑走に入った。

尾部の排気ノズルは斜め下に向いている。

水平尾翼は一瞬だけ前下げにして機首を上げ、すぐに後ろ下げにして揚力を確保する。

ただ、昔の戦闘機とは違って、これらは自動制御であって、パイロットは機体の方向維持と状態監視に集中できる。

軽やかというよりは、全力で身を投げだすという印象だが、堂島機はカタパルトなしで余裕をもって発艦した。

Ｂ型特有の短距離発艦である。

村山もすぐに続く。

発艦作業中の空母は自由に動けず、潜水艦にとっては格好のターゲットであったが、そこは『みょうこう』ら護衛艦艇が蟻のはい出る隙間もない鉄壁の監視網を敷いて、敵潜水艦を寄せつけなかった。

夜間の発艦作業は無事完了した。

堂島らは迫りくる敵艦隊撃滅に向けて、北上したのだった。

ＩＳＲ（Ｉｎｔｅｌｌｉｇｅｎｃｅ　Ｓｕｒｖｅｉｌｌａｎｃｅ　ａｎｄ　Ｒｅｃｏｎｎａｉｓｓａｎｃｅ　情報・監視・偵察）という点では、日米に一日の長があるのは間違いなかった。

人工衛星による監視、長距離哨戒機、潜水艦による索敵、追尾によって、先島諸島方面に南下する敵艦隊の位置は完全に特定できていた。

沖縄本島から飛来したAWACS（Airborne Warning and Control System 早期警戒管制機）の支援も受けられており、第五航空団の二個飛行隊は順調に進んでいた。

しかしながら、敵にもJ－20とJ－35という二種類のステルス機があることがわかっており、それがいつなんどき、闇のなかから飛びだしてこないとも限らない。

AWACSの情報を鵜呑みにして無警戒でいては、とんだ目に遭いかねないので、注意は必要だった。

自らの存在を暴露するリスクを最小限にするために、基本的にセンサー類はパッシブのみを頼りとする。

F－35Bの場合は、AN／AAQ－40EOTSが務める。

今のところ不審な反応はない。

AWACSの情報どおり、敵艦隊の前方で敵機が待ちかまえているということはなさそうだ。

もちろん、そこで安心しきるのも駄目だ。

地味に敵艦からのSAMという直接攻撃も警戒対象である。

実はそこが今回のテーマなのだと、堂島らは認識して出撃してきた。

ミサイルの射程距離は、プラットフォームの発射時の速度、風向、風速などの天候、大気の密度らによって変わってくるため、一概には言えないが、中国海軍の持つ長距離SAM－HHQ－9Bは、最大射程が二〇〇キロメートルであると推定されている。

これに対して、F－35が装備するASMは、ウェポンベイが狭いB型のためにダウンサイジングしたJSMI（Joint Strike Missile Improved）――ノルウェーのコングスベルグ・ディフェンス&エアロスペース社が開発した対艦・対地・巡航ミサイル改である。

JSMの射程が三〇〇キロメートルということから、敵のSAMとせいぜい同等かそれ以下の射程と考えるべきだ。

なおかつ昼間の空襲が失敗に終わった戦訓から、敵に対処の余裕を与えないために、今回は射程の半分以下、百数十キロの距離まで接近しての攻撃が命じられていた。

ステルス機でなければ、敵に先手をとられて成りたたない作戦である。

また、ステルス機であっても、近づけば近づくほどリスクは増す。

発見されやすくなるリスクと、攻撃された場合に回避しにくくなる時間的リスクである。

今まさに鋸状に組みあわせされた接合部や、先端が突きだされた左右のエアインテークらは、敵レーダー波の反射を防止し、大気との混合で冷やされた排気プルームは敵のIRSTによる探知をかわしている、と信じるしかないのだが。

短めの機首が夜気を貫き、エッジマネージメントされた各部が風を切りさく、

漆黒の闇のなかを、堂島らは緊張感を持って進む。

ヘルメットを介した視野は暗視モードに切りかわっているが、淡い緑色に映るものはなにもない。

それがかえって、不気味にも思えてくる。

幅二〇インチ、高さ九インチの大型ディスプレイをはじめとする完全グラスコクピット上に、異

常の表示はない。

緊張が呼吸をかき乱す。

冷静にいこうと頭では自分に言いきかせているつもりだが、身体が言うことをきかない。

司令はあえて言わなかったが、この空襲の成否が勝敗の鍵を握っているのは確かだろう。

空襲が成功すれば敵艦隊を撃退できるのはもちろんだが、失敗した場合、敵艦隊は明朝には先島諸島に到達する。

与那国島に続いて、石垣島や宮古島までが敵の手中に落ちかねない。

そんなことが脳裏をよぎれば、否応なしに不整脈となって身体に熱がこもる。

F－35に超音速巡航性能はない。

ステルス性があるため、そもそも敵に発見されないので、強襲的に高速侵攻する必要はないとの設計思想である。

だが、仮に数分間だったにしても、危険な時間帯を避けられるのであれば、パイロットの精神的負担は少なかったに違いない。

「ターゲット、ロック」

ＪＳＭＩの射程に入ったとのサインが、戦術画面に灯る。

ここからが長かった。

ＳＡＭの邀撃がいつ来るかと、ひやひやしながら亜音速で進む。我慢の時間である。

ターゲットとの距離を示すデジタル数字が、徐々に小さくなっていく。

一三〇……一二八……一二五……。

堂島は二重瞼を上下させた。鳶色の瞳が、ターゲットを射抜くように閃いた。

「（一二〇！）アタック」

その瞬間、堂島ら二四機のＦ－35Ｂは、いっせいにＪＳＭＩを放った。

敵の邀撃を受けることなく、一機も欠けずに、なおかつ予定の距離に到達しての攻撃である。計画どおり、完璧に作戦を遂行した。

あとは放ったＪＳＭＩが、狙いどおりに敵艦に命中することを願うだけだったのだが……。


夏の打ち上げ花火以上の光景と音量だった。

闇を吹きとばすそれは、ＡＳＭとＳＡＭとの爆発光だった。

「敵も案外甘いものだな」

昆明級駆逐艦二五番艦『麗水』航海長王振麟《ワンジョーリン》少佐は、意外に敵の圧力が小さいものだと感じていた。

「たしかに。ですが、猪突猛進して艦隊を危険に晒すわけにはまいりません。結果的に問題なかった。計画に遅れはないのでこれでよし、です。」

航海士姚明《ヤオミン》中尉は慎重な性格だった。それが長所ではあるものの、行きすぎて消極的にならないよう指導するのも、王の役割でもある。

敵の昼間の空襲を、自分たちは完璧に凌ぎきった。

那覇から来襲したであろうＦ－２戦闘爆撃機が放ったＡＳＭに対して、自分たちはただの一発も命中を喫することがなかった。

その後、敵はＵＡＶの自爆攻撃に耐えた艦隊から、夜になって追撃の一手を放ってきた。

当然だ。

自分たちの進撃路を塞ぐように待ちかまえる敵艦隊にとっては、自分たちの撃退が優先課題であって、宮古島や石垣島の死守が至上命題なのだろうから。

敵艦隊には虎の子の空母『いずも』『かが』が含まれていることがほぼ確実であって、王は苛烈な戦闘を覚悟していた。

北海艦隊から分派された自分たちには空母がない。敵の空母にはステルス機があって、ステルス機が神出鬼没の攻撃をかけてくれば、そうそう簡単には防げないのではないかと、王は予想していたのだが、どうも敵の空襲はそれほどのものでもなかったらしい。

夜間なので、かなり距離があっても光は届く。アクティブ・フェイズド・アレイ・レーダーの平面アンテナを四面に貼りつけるために巨大化した艦橋構造物や、上構側面と一体化した舷側らが、爆発のたびに光を反射して橙色に輝く。

敵の空母はアメリカ海軍や自分たち中国海軍のそれに比べて小型で、搭載機数も少ないと聞いていたが、やはり絶対的な数の力が足りなかったということか。

敵は第二次大戦の敗北後八〇年にわたって、軍備を最小限に抑止してきた。ここ五、六年で慌てて拡充しようにも、付け焼刃にすぎなかった。

それが露呈した現実なのだろうと、王は解釈した。航海艦橋にいると、対空戦闘の様子が手に取るようにわかる。

炎を吐いて艦上から垂直に飛びたっていったSAMが、低空に舞いおりる。

シー・スキミング――海面をなぞるようにして向かってくるASMをそれが捉えた瞬間、海面付近に火球が生じ、爆発の大音響が殷々と伝わってくる。

ASMが中間海面に突如現れたことから、ステルス機の仕業と思われたが、こちらを圧倒するだけの数ではない。

「本艦の命中率七〇パーセント。近接射撃に移る」

（まずまずかな）

３４６Ａ型レーダー「ドラゴン・アイ」を中心に構築された中華イージスは非の打ち所がないとはいかないまでも、襲いくるＡＳＭを捕捉、追尾し、ＳＡＭを誘導してそれを撃破した。

ほかの艦も似たり寄ったりだろう。

「残弾向かってくる！」

「取舵二〇」

「取舵二〇」

艦長の指示を受けて、王は命じた。

全兵装を使用可能にするために、艦を目標に対して斜めにする。あとはぶれないように固定するのが、王の仕事となる。


海上はさらに騒がしくなっている。

一発あたりの迫力はＳＡＭに比べて格段に乏しいものの、毎分五〇〇〇から一〇〇〇〇発の機銃弾が各艦の周辺を上下左右に覆っていく。

弾幕を張るというのは、こういうことだ。

『麗水』の射撃が、一発を叩きおとした。

派手な爆発はなかったが、敵のＡＳＭは海面に突っ込んで水飛沫をあげて消えた。

推進部を直撃したか、フィンかなにかをもぎ取って、飛行の安定を奪った末のことに違いない。

ほかの艦も一発、また一発とＡＳＭを退けている。

（作戦続行には支障なしだな）

敵も多少は考えて、近い位置でＡＳＭを放ってきたため、二重三重の対処はできず、無傷とはいかないかもしれない。

だが、このぶんだと食らったとしても、せいぜい一、二発だろう。艦隊全体からすれば軽微な損害であって、作戦続行を断念するほどのものではない。

「敵をかいかぶっていたのでしょうか？」

姚は首をかしげた。

「結果的にはそうなるかもしれんな。まあ、いずれにしても、この海戦、もらった」

思ったほどに手応えがなかったことは意外だったが、王は作戦の成功を確信した。

姚を見ていると、どこか腑に落ちない「なにか」がある気もしたが、それがなにかはわからなかった。

だが、敵はそれほど脆《もろ》い存在ではなかった。

重大な危険がすぐそばに潜んでいることを、王や姚をはじめ、中国艦隊の将兵誰もが気づいていなかったのである。

海中から付けねらう黒い影——潜水艦『たいげい』は空襲の対処に追われる敵艦隊の至近にまで迫っていた。

「やはり、出張っていかねばならんようですな」

先任伍長会田順二海曹長は、大型モニターを前にしてつぶやいた。

非貫通式潜望鏡が送ってきた画像である。

味方の攻撃が成功すれば、『たいげい』は戦果確認だけして、静かにこの場を離れる予定だったが、どうもそうはいかないようだ。

激しく炎上している艦や、傾いて停止している艦など、一隻たりともないようにしか見えない。

味方の空襲は、失敗に終わったのだ。

「案外やるものですな、敵も」

会田の口調は皮肉めいていた。

空襲を凌いだ。それは事実だ。侮れない。だが、自分たちは「こうやすやすと」とは言わないが、至近距離まで接近できている。

　やはり、敵の対潜能力は穴である。つけ入る隙はそこにある。

『たいげい』の任務は、敵艦隊攻撃に切りかわった。

　このまま放置してしまえば、敵艦隊は先島諸島を脅かす。与那国島に続いて、石垣島や宮古島まで失ってしまうと、敵にとっては台湾の手前に好都合な砦を手に入れることになる。

　日本のみならず、アメリカにとっても、それは絶対に避けねばならないことだった。

「まあ、望むところですよ。どうせ、やれと言われるならば、みみっちいことよりも、どでかいことのほうが、やりがいがあるというものです」

　夜間照明の薄暗いなかでも、会田の不敵な笑みははっきりと見えた。


「我々のやるべきことは決まっている」

　艦長向ヶ丘克美二等海佐は、毅然と言いはなった。

　その瞬間、目尻が細く尖った切れ長の目が、怪しげに閃いた。

　敵艦隊攻撃とはいっても、『たいげい』一隻で敵艦隊を一掃するなどというのは絵空事でしかない。

『たいげい』がやるべきことはピンポイントでもいいので、敵に痛打を与えること、敵の戦意を挫き、後退を決意させること、そうしたインパクトのある戦果を挙げることが望まれる。

　すなわち、今も昔も潜水艦乗りの血が騒ぐ「大物食い」である。

（さすが、うちの艦長はもっている。自衛隊のハトロックは伊達ではない）

　会田は向ヶ丘の鼻から左の頬にかけての古傷を一瞥した。

先任伍長というのは階級こそ下だが、艦長以上に艦のことを知る古株である。

場合によっては、艦長の指示に異議を申したてることすら許される。

しかし、会田の向ヶ丘への信頼は、このうえなく厚かった。

うちの艦長は一方的に無理な命令を押しつけたりはしない。部下を信頼して任せてくれる。それでいて、忍耐力と判断力に優れ、責任は自分がとるという理想の上司である。支えたい、付いていきたい、と思う、会田にとってはじめての上司だった。

そして、こういう人には運も向く。

敵艦隊攻撃などと言うのは簡単だが、待ち伏せはまだしも、広い洋上でけっして足が速くない潜水艦が目標を捕捉するのは、そうそう楽なことではない。

しかも、対空戦闘の最中という、襲撃にはもってこいのタイミングなど、奇跡にも等しい。

敵の注意は上空に向いているし、激しく動きまわっていれば、海中に雑音が多くなるため、潜水艦を探知しづらくなる。

そこを衝く！

「南昌級、捕捉できるな？」

「はっ」

向ヶ丘の狙いは決まっていた。

「敵には空母はいなかったはずだ。南昌級駆逐艦を狙う」

「了解しました」

会田も異論はなかった。

艦隊中最大で巡洋艦なみの巨軀を持つ南昌級超大型駆逐艦を狙うと、向ヶ丘は断を下した。

「雷撃用意。魚雷装填」

空襲に紛れて、USM（Underwater to Surface Missile 水中発射対艦ミサイル）という選択肢もあったが、やはり水上艦を確実に仕留めるには水線下をぶち破る魚雷がより適切だと向ヶ丘は判断した。

水雷長以下の動きが慌ただしくなる。

発射管室では水雷員が発射管に魚雷を押し込み、水雷長は目標を再確認して照準を定める。

ただ、第二次大戦当時の無誘導魚雷であれば、慎重には慎重を期して射角や速力調整が必要だったが、誘導精度の高い現代の魚雷は、少々ラフに撃ちだしてもなんとかなる。

「魚雷発射用意」

緊張が高まる。

向ヶ丘は貫通式の潜望鏡で最終確認を行った。

ソナーマンも細心の注意を払う。

「む！」

グリップを握る向ヶ丘の頬がぴくりと揺れ、ソナーマンの報告が続いた。

「目標手前に一隻来ます」

「さらにもう一隻、続きます」

グリップをたたんで、潜望鏡を下ろす。

向ヶ丘は会田に目を向けた。

「今すぐ雷撃すべきです。早く」――会田の目はそう訴えていた。目標の手前に入られたら、それをかわして後ろに魚雷を送り込むなど、至難の業である。

ややもすれば、先にその艦に魚雷を当ててしまって、雷撃が失敗に終わりかねない。

ここは最高速で、可及的速やかに魚雷を送り込むべきという会田の考えだったが、向ヶ丘は違った。

「見送りだ」

「な！」

「なぜです」という言葉が、会田の喉元から出かかった。

「千載一遇のチャンスをみすみす手放すのですか？　失敗を恐れていては、なにもできません。いちかばちかになっても、ここは賭けるべきです！」

――そんな目を向ける会田に対して、向ヶ丘はさらりと言った。

「攻撃を中止するつもりはない。いったんやり過ごして、背後を衝く。本艦ならば、多少水中で無理もできるからな」

　原潜ほどではないが、『たいげい』は大容量リチウム・イオン・バッテリーを搭載しているため、水中での高速航行に多少の時間的余裕がある。

　巡航速度で進む水上艦を一定時間追うくらいは十分できる。

「このまま慌てて雷撃すれば、至近距離で敵に発見されて反撃を食らう可能性もある。

　より安全で確実な方法を選ぶべきと判断した」

　さらに、向ヶ丘は付けくわえた。

「南昌級駆逐艦の航跡に紛れれば、敵も発見しにくかろう」

「はっ」

　会田はあまりに浅はかだったと、己を恥じた。

　自分は戦果を焦るばかりだったが、艦長は艦や乗組員の安全も考慮したうえで、戦術を組みたてたのだ。

　並の艦長ならば、大物を取りにがしてしまうという思いにかられ、できない判断だろう。

　かなりの自制心や忍耐力が必要だ。

　さすが、ハーロック、我が艦長だと、会田は感嘆の息を吐いた。

『たいげい』はタイミングをはかって、ゆっくりと回頭した。

艦尾のX舵が東シナ海の海水を嚙み、水中排水量四三〇〇トンの艦体が徐々に目標の背後に潜り込む。

一度ならず、二度も敵駆逐艦が至近を通過して肝を冷やしたが、対空戦闘に忙殺されているせいか、気づかれることはなかった。

天佑だ！

「発射管開け。魚雷発射用──意。撃《て》っ」

次の瞬間、光ファイバーの誘導線を曳いた一八式魚雷が海中に躍りでた。

七〇ノットの高速で海中を貫くそれが、目標の艦尾に吸い込まれていく。

雷撃は完璧に成功したのだった。


一瞬、なにが起こったのかわからなかった。

防空戦闘は概ね順調に推移し、明朝には先島諸島の攻略に着手できると思った矢先のことだった。

南昌級駆逐艦二番艦の『拉薩《ラサ》』が、大爆発を起こして沈んでいく。

洗練された外観と重武装を持つ大型艦の沈没は、中国海軍の将兵からすれば、衝撃的な光景だった。

艦尾のヘリポートは跡形もなく吹きとび、近SAMの発射装置らが集中する後甲板が海面下に引きずり込まれようとしている。

四基のガスタービンにつながる角張った煙突二基は半壊して排煙が無秩序に海面に広がりつつある。

左右上部がひし形に切り込まれて尖った、特徴的な艦首は艦底まで海面上に覗かせている。

それだけ、急な沈みかたということだ。

南昌級超大型駆逐艦は、アメリカ海軍からは巡洋艦と認識されるほどの大型戦闘艦であって、近代化された中国海軍の象徴とも言うべき艦のひとつだった。

その呆気ない最期を、多くは茫然と見送るしかなかった。

「あれはミサイル攻撃ではない。間違いなく魚雷だ」

駆逐艦『麗水』航海長王振麟《ワンジョーリン》少佐は、事の本質を理解した。

やはり、敵は素人集団ではなかった。

空襲が駄目だとみるや、すかさず雷撃に切りかえてきた。

敵は二重三重の防衛線を敷いていたのである。

海空の同時攻撃、あるいは空襲そのものが我々の注意を惹きつけるダミーだった可能性さえある。

反撃を試みようにも、どうやら敵潜の痕跡はつかめないでいるようだ。

UUV（Unmanned Underwater Vehicle 無人潜水機）の自爆攻撃かもしれない。

（やられた）

敗北は否定しようがなかったが、不思議と王の胸中には沸々とした怒りや、崩れおちるような失望感はなかった。

骨のある敵と戦う。次はやり返す。という強い闘争心が、王の鼓動を高めた。

艦隊内最大の艦であり、司令部が乗った旗艦の沈没で、作戦続行という選択肢はない。

「反転一八〇度。戦闘海域を離脱する」

「はっ」

艦長の指示に、王は母港青島への帰路に艦をのせた。
　こうして、後に東シナ海海戦と命名される海空戦は幕を閉じた。
　海空自衛隊は、かろうじて中国艦隊を撃退したのだった。

VICTORY NOVELS　ヴィクトリー ノベルス

逆襲の自衛隊(1)

台湾有事

2024年2月25日　初版発行

著　者　　遙　士伸
発行人　　杉原葉子
発行所　　株式会社 **電波社**
〒154-0002　東京都世田谷区下馬6-15-4
TEL. 03-3418-4620
FAX. 03-3421-7170
https://www.rc-tech.co.jp/
振替　　00130-8-76758

印刷・製本　中央精版印刷株式会社

ISBN978-4-86490-250-2 C0293